Daniela Böhm

Auf der Suche nach dem verschwundenen Stern

Das Buch
Eine fantasievolle Fabel über Träume, die Sehnsucht, das Leben und Freundschaft. Ein Feldhamster mit vielen Fragen und staunendem Herzen über die Schönheit der Welt, findet eines Tages einen außergewöhnlichen Freund. Doch dann ist dieser plötzlich verschwunden und eine abenteuerliche Suche beginnt …

Die Autorin
Daniela Böhm wurde 1961 als drittes Kind von Karlheinz Böhm und Gudula Blau in der Schweiz geboren und lebt heute in Bayern. Das Werben um einen neuen und von Respekt getragenen Umgang der Menschen mit der Natur und ihren Bewohnern ist ihr ein Herzensanliegen. Seit vielen Jahren bemüht sie sich aktiv um eine grundlegende Veränderung des Verhältnisses Mensch/Tier und bringt das auch auf unterschiedliche Weise in ihren Büchern zum Ausdruck.

Als Tierrechtsautorin schreibt sie seit 2012 regelmäßig Artikel und spricht auf verschiedenen Veranstaltungen als Gastrednerin. 2010 erschien ihr erstes Buch „Zwei Marder im Himmel", eine Sammlung von heiteren Tiergeschichten und kurz darauf „Der träumende Planet", eine lyrische Erzählung über die Erde. In ihrem dritten Buch, „Heute ist ein ganz anderer Tag", beschreibt sie unterschiedliche Schicksale von Tieren vor einem realen Hintergrund. „Die sechs magischen Steine" ist ihr erster Roman, der 2014 erschienen ist. Ihr fünftes Buch „Dort wo du bist, bin auch ich", handelt in Kurzgeschichten von den Gegensätzen, die diese Welt bewegen.

Daniela Böhm

Auf der Suche nach dem verschwundenen Stern

Auf der Suche nach dem verschwundenen Stern
Daniela Böhm

2. Auflage
Juli 2017

Copyright © der Originalausgabe 2017 Daniela Böhm

Umschlagsgestaltung: Andy Steinbauer
Cover und Bild Rückseite: © Copyright Andy Steinbauer
© Copyright Zeichnungen im Buch Andy Steinbauer

Lektorat: Beate Kahn

Herstellung und Verlag
BoD - Books on Demand, Norderstedt
ISBN 978-3-74319667-4

Für alle Sternsucher

„*Das Glück ist an der Seite der vertrauensvollen Herzen.*"

Der Freund

Viele Nächte war der Feldhamster dort gesessen - auf diesem großen Stein, der ihm den Himmel ein winziges Stück näher rückte. Am Ende des Weizenfeldes, wo der Wald begann, hatte er sehnsuchtsvoll in die unendlichen Weiten und den Zauber der Nacht geblickt. Mit all diesen brennenden Fragen in seinem Herzen und dem Staunen in seinen Augen über die Schönheit und den Glanz der Sterne.
Die anderen Feldhamster verspotteten ihn deshalb.
„Du bist ein nichtsnutziger Träumer und Spinner!"
„Weshalb starrst du ständig in den Himmel? Kümmere dich lieber um Vorräte und Nachwuchs!"
Der junge Feldhamster ließ die hämischen Bemerkungen über sich ergehen; meistens machten sie ihm nichts aus. Natürlich wusste er, dass es notwendig war, Vorräte zu sammeln und an Nachwuchs zu denken.
Aber der Frühling hatte ja gerade erst begonnen und ihm war es wichtiger, nach Antworten auf seine Fragen zu suchen und fest daran zu glauben, dass er diese finden würde. Dass sie im Glanz der Sterne verborgen seien und wie Funken aus goldenem Licht zu ihm herabfallen würden. Mit diesen Träumen und seinen Fragen schlief er ein und wachte wieder auf.
Er wollte wissen, warum er hier war und woher er kam, weshalb der Mond manchmal schmal war und die Sonne immer rund. Er wollte verstehen, was der Wind flüsterte, wenn er über das Land strich und wieso sich manchmal ein bunter Kreis oder Strich am Himmel zeigte, wenn es geregnet hatte

und die Sonne wieder strahlte. Er wollte wissen, wie die Welt von oben aussah und wie weit sie sich hinter dem Weizenfeld erstreckte, das sein Zuhause war. Wo die warme Erde endete, wie tief er hinab buddeln konnte und ob er jemals irgendwann ankäme. Und er hätte zu gerne gewusst, wohin die Sterne gingen, wenn der Himmel heller wurde und der Tag die Nacht umarmte und schließlich sachte beiseiteschob.

Eines Nachts, als der Mond prall und schwer am Himmel hing und keine einzige Wolke den Blick auf das Sternenzelt trübte, geschah etwas Wundersames: Ein Stern begann zu blinken. Zunächst dachte der Feldhamster, es sei eine Täuschung und rieb sich mehrmals mit seinen kleinen Pfoten die Augen. Aber immer wieder blinkte ihm der Stern zu - wie ein Zwinkern war es - und da nahm er all seinen Mut zusammen und fragte: „Kannst du mich sehen?"
„Natürlich", antwortete der Stern sanft und blinkte zwei Mal hintereinander.
Das Herz des Feldhamsters begann vor Freude laut zu klopfen.
„Ich habe immer daran geglaubt", sprudelte es aufgeregt aus ihm hervor.
„Woran hast du geglaubt?", fragte der Stern.
„Dass ich eines Tages die Antworten auf meine Fragen finde", erwiderte der Feldhamster. „Du weißt doch alles, oder?", fügte er zaghaft hinzu.
„Nein, mein kleiner Freund. Und es gibt Fragen, auf die nur du allein eine Antwort finden kannst."
Für einen Augenblick war der Feldhamster enttäuscht. Ein Stern musste

doch alles wissen - so strahlend, wie er dort oben am Himmelszelt hing!
Der Stern schien seine Enttäuschung zu spüren und sagte: „Frag mich einfach, was dir auf dem Herzen liegt und ich werde dir ehrlich antworten."
Der Feldhamster musste nicht lange überlegen. Er kannte all seine Fragen in- und auswendig!
„Wohin geht ihr Sterne, wenn das Licht am Morgen kommt? Es sieht immer so aus, als würdet ihr verblassen und euch auflösen. Als ich es das erste Mal beobachtete, hatte ich Angst, ihr würdet nicht wiederkehren! Habt ihr ein Zuhause?"
Der Stern zwinkerte kurz und heftig hintereinander, fast schien es, als würde er lachen.
„Machst du dich über mich lustig?", fragte der Feldhamster, dem das nicht entgangen war.
„Natürlich nicht. Deine Frage hat mich nur zum Schmunzeln gebracht, verzeih! Nein, wir haben kein Zuhause; wir Sterne schlafen nie. Wenn über dir der Morgen dämmert, leuchten wir auf der anderen Seite der Erdkugel weiter."
Der Feldhamster kratzte sich hinter dem linken Ohr. Er hatte sich nie Gedanken darüber gemacht, dass Antworten neue Fragen ergeben könnten.
„Das verstehe ich nicht. Ihr leuchtet immer, ihr ruht euch nie aus? Und was meinst du mit der anderen Seite der Erdkugel?"
Geduldig erklärte ihm der Stern, wie die Erde von oben aussah und warum kein Lebewesen herunterfallen konnte, obwohl sie rund war. Er erzählte von der Erhabenheit der Berge, dem Glitzern der Ozeane und den wun-

dersamen Wesen, die im Wasser wohnten. Er sprach von Orten, an denen es nur Sand gab und von der Unendlichkeit des Himmels. Der Stern beschrieb ihm Länder, in denen so viele Bäume und Pflanzen wuchsen, dass man von oben nicht mehr hindurchblicken konnte. Auch über die Sonne und den Mond sprach er; dass sich die beiden niemals berührten und warum die Sonne immer rund war, der Mond aber manchmal wie eine Sichel aussah.

Gebannt saß der Feldhamster auf seinem Stein und hörte den Erzählungen seines neuen Freundes zu. Was war das für eine wundersame und verzauberte Welt, die sich plötzlich vor ihm auftat! Wie schön sie sein musste! Er spürte eine Sehnsucht in sich, die fast weh tat, so stark war sein Wunsch, all das zu sehen, was ihm der Stern beschrieben hatte.

Als der Stern zu verblassen begann, verabschiedeten sie sich. Der Feldhamster war aufgeregt und glücklich und konnte an diesem Morgen in seinem Bau unter der Erde kaum einschlafen.

Schon vor Beginn der Abenddämmerung saß er nun die kommenden Tage auf dem Stein und wartete sehnsüchtig auf seinen neuen Freund.

Die anderen Feldhamster verspotteten ihn jetzt noch mehr oder mieden ihn.

„Sternträumer! Du glaubst wohl, du bist etwas Besseres?"

„Mit wem redest du die ganze Zeit?"

„Kümmere dich lieber um dein Zuhause!"

„Du Müßiggänger, du wirst schon sehen, wohin dich das führt!"

Doch er war so glücklich, dass ihn die Häme der anderen wenig störte. Er war voller Freude über die vielen Dinge, die ihm der Stern in den Nächten erzählte und dass er endlich jemanden gefunden hatte, dem er all seine brennenden Fragen stellen konnte. Sein Freund war ehrlich zu ihm gewesen, denn einige konnte er ihm tatsächlich nicht beantworten.

In der vierten Nacht fragte er den Stern, warum er hier war und ob sein Leben einen anderen Sinn hatte, als immer nur nach Nahrung zu suchen und sich zu vermehren.

Der Stern ließ sich diesmal Zeit mit seiner Antwort.

Nach einer Weile sprach er: „Jedes Wesen hat seine Bestimmung. Sicherlich liegt sie bei dir auch darin, Nahrung zu suchen und deine Art zu erhalten, die ihren festen Platz im Gleichgewicht der Natur hat. Doch wer weiß, vielleicht geht der Sinn deines Daseins darüber hinaus? Ich habe dich schon lange beobachtet und gesehen, wie du nachts oft auf dem Stein gesessen bist, mit diesem Strahlen in deinen Augen. Es hat mich glücklich gemacht, dass du dich so sehr über das Leuchten der Sterne gefreut hast und ich war mir sicher, dass du viele Fragen in deinem Herzen trägst. Deshalb habe ich dir vor ein paar Tagen zugezwinkert."

„Du bist mein bester Freund", rief der Feldhamster glücklich. „Ich danke dir! Es bedeutet mir viel, mit dir reden zu können und dass ich dich alles fragen darf. Einiges habe ich bereits von dir gelernt und jede Nacht träume ich von den Wundern dieser Erde, die du mir beschrieben hast. Wäre ich nur etwas größer und stärker, dann würde ich versuchen, sie in Wirklichkeit zu sehen und so weit laufen, wie mich meine Pfoten tragen! Aber",

sprach er und blickte dabei verzagt an sich herunter, „ich bin winzig, wohin sollte ich schon gelangen?"
Mutlos hielt er inne. Wie gerne wäre er aufgebrochen, um diese wundersame Welt zu erkunden und wünschte sich Flügel, wie die Falken, die über dem Weizenfeld kreisten. Vor ihnen musste er sich hüten und verstecken, auch wenn ihn sein Fell mit all den Erdtönen der Natur ein wenig schützte. ‚Wenn ich nur fliegen könnte', dachte er sehnsuchtsvoll. ‚Wie schön muss es sein, diese Erde von oben zu betrachten.' In diesem Augenblick war er ein wenig neidisch auf seinen Freund, denn er konnte die Welt immer aus dieser Perspektive sehen.
„Sei nicht traurig", sagte der Stern tröstend. „Und wer weiß, welches Schicksal dir beschieden ist? Vielleicht machst du dich eines Tages auf den Weg und findest heraus, wie weit dich deine Pfoten tragen? Das Wichtigste ist, dass du an dich glaubst und das hat nichts damit zu tun, wie groß du bist! Höre auf dein Herz und das Flüstern deiner Seele."
„Kannst du mir nicht verraten, welches meine Bestimmung ist?"
„Nein, mein kleiner Freund", erwiderte der Stern. „Dies ist eine Frage, auf die nur du allein die Antwort finden kannst."

In den letzten Tagen, während der Feldhamster auf seinem Stein darauf gewartet hatte, dass sich der Himmel dunkel färbte, hatte er sich oft vorgestellt, dass er losziehen und viele spannende Abenteuer erleben würde. Er würde anderen Tieren begegnen, neue Landschaften erkunden und Antworten auf jene Fragen finden, die ihm der Stern nicht geben konnte. Eines

Tages würde er zurückkehren in sein Weizenfeld und alle Feldhamster, die ihn jetzt verspotteten, würden ihn mit Anerkennung und Respekt willkommen heißen. Sie würden ihm zu Ehren ein Fest geben und ihn drängen, von seiner Reise und den Wundern dieser Welt zu erzählen.

‚Aber es sind eben nur Träume', dachte er wehmütig. ‚Vielleicht haben die anderen ja recht und ich bin nichts weiter als ein verrückter Spinner.'

Vor zwei Tagen hatte er einen Feldhamster kennengelernt, der auf der gegenüberliegenden Seite des Feldes lebte. Sie waren sich noch nie begegnet. Zu Beginn der Abenddämmerung war er plötzlich bei dem Stein aufgetaucht und hatte ihn gefragt, warum er dauernd in den Himmel schaute.

„Die anderen haben dir bestimmt von mir erzählt und dich geschickt, damit du mich aushorchen sollst. Ich weiß, dass ihr euch alle über mich lustig macht, aber es ist mir gleichgültig."

So ganz stimmte das nicht. Manchmal spürte er einen kleinen Stich in seinem Herzen, wenn sie ihn verspotteten.

„Nein", hatte der andere Feldhamster ruhig geantwortet und ihm dabei ehrlich in die Augen geblickt.

Er hatte ihm geglaubt und sich ein wenig anvertraut.

„Ich verstehe dich", sagte der andere schließlich aufrichtig. „Auch in mir tauchen immer wieder Fragen auf, aber sie bestimmen mein Leben nicht so sehr wie das deine. Ich folge einfach meiner Natur und fühle mich ganz behaglich damit. Ich glaube nicht, dass es uns gegeben ist, mehr zu sein, als das, was wir sind. Träume sind wie schillernde Regentropfen, die zerplatzen, wenn sie auf die Erde fallen. Sie währen nur ein paar Augenblicke und zerbrechen an der Wirklichkeit."

„Es ist wichtig, an seine Träume zu glauben", sagte der Stern plötzlich und riss den Feldhamster aus seinen Überlegungen.

Verwundert blickte er zu ihm hinauf. Konnte der Stern seine Gedanken lesen?

Doch bevor er seinen Freund das fragen konnte, sprach der Stern weiter: „Alles in diesem Universum war ein Traum, bevor er eines Tages sichtbar wurde. Die Vorstellungskraft ist sehr viel größer, als du denkst. Weil du klein bist, glaubst du, dass dir Großes nicht beschieden ist, doch es hat nichts mit deiner äußeren Größe oder Stärke zu tun. Verstehst du, was ich meine?"

„Ein wenig", erwiderte der Feldhamster. „Aber ich werde niemals so mutig sein wie die Löwen, von denen du mir erzählt hast. Oder so schnell wie eine Gazelle, wenn sie vor den Löwen davonrennt."

„Mut bedeutet auch, jene Grenzen zu überwinden, die uns daran hindern, unseren Träumen zu folgen. Und es ist leicht, mutig zu sein, wenn man keine Feinde hat, wie der Löwe. Im Übrigen", fuhr der Stern fort und blinkte mehrmals hintereinander, „habe ich dich schon rennen sehen. Du bist sehr flink!"

„Aber ich werde niemals so geschwind laufen können, wie eine Gazelle", wiederholte der Feldhamster hartnäckig. „Müsste ich mich mit ihr messen, hätte ich im selben Moment verloren!"

„Warum solltest du dich auch mit einer Gazelle messen?", fragte der Stern. Der Feldhamster putzte sich die Ohren und dachte nach.

„Weil ..., na ja, weil schnell zu laufen schön ist."
„Und weiter?", meinte der Stern geduldig.
„Weil es Spaß macht?"
„Das klingt nach einer Frage, aber es ist die Antwort. Das Flitzen über Wiesen und Felder soll dir Freude machen! Du könntest dich mit deinesgleichen messen oder mit den Feldmäusen und Fröschen. Vielleicht wirst du der Schnellste sein, aber dann gibt es Verlierer und die werden traurig sein, weil sie nicht gewonnen haben. Das Leben ist kein Wettkampf. Jeder sollte seine ihm gegebenen Fähigkeiten leben und sich daran freuen."

Es war die neunte Nacht, seit ihm der Stern das erste Mal zugeblinkt und mit ihm zu sprechen begonnen hatte. Sanft erhellte das Licht des Vollmondes die Dunkelheit und leuchtete allen Wesen den Weg durch die Nacht - auch dem Feldhamster, der flink über das Feld huschte, um zu seinem Stein zu gelangen.
‚Bald wird es wieder Sommer und dann beginnt der Weizen zu sprießen', dachte er freudig.
Er war heute später dran als gewöhnlich, denn er hatte sich um Futtervorräte gekümmert und war dabei jenem Feldhamster begegnet, der ihn als einzigster nicht verspottet hatte. So war es bereits tiefe Nacht, als er endlich auf seinem Stein saß und auf ein Zeichen seines Freundes wartete. Doch diesmal hielt er vergeblich Ausschau und Stunde um Stunde verging. Der Stern hatte immer sofort zu blinken begonnen, kaum dass sich der Himmel dunkler gefärbt hatte.

Angestrengt starrte der Feldhamster in den Nachthimmel und spitzte aufgeregt die Ohren; er hatte Angst, dass er ihn nicht gesehen oder seine Stimme überhört hatte. Aber nichts geschah, alles blieb ruhig und je weiter die Nacht fortschritt, desto ratloser wurde er. Seine Gedanken begannen sich zu überschlagen: Was war geschehen? Warum sprach sein Freund nicht mehr mit ihm? Hatte er irgendetwas falsch gemacht? Oder war ihm etwas zugestoßen? War er vielleicht vom Himmel gefallen?

‚Aber nein', überlegte der Feldhamster. ‚Er hat mir doch erzählt, dass Sterne nicht einfach hinabfallen können und dass es Ewigkeiten dauert, bis sie eines Tages vergehen und in die Unendlichkeit des Universums entschwinden. Und dass sie davor noch einmal leuchten, so stark und hell, dass es selbst das Strahlen der Sonne übertrifft.'

Doch wo war er dann? Ohne das gewohnte Blinken seines Freundes konnte er ihn ja unmöglich von den unzähligen Sternen unterscheiden! War er vielleicht an einem anderen Ort? Dort, wo es jetzt hell war? Hatte er ihm erzählt, dass Sterne wandern?

Langsam wurde der Himmel heller und die Sterne begannen allmählich zu verblassen. Als ihn die ersten Sonnenstrahlen streiften, rutschte der Feldhamster entmutigt von seinem Stein. Anders als sonst lief er nicht freudig zu seinem Bau unter der Erde. Jeder kleine Schritt schien mühsam und schwer von Enttäuschung. In seinem Zuhause angekommen, konnte er lange nicht einschlafen. Er dachte an den ersten Morgen, nachdem der Stern zu ihm gesprochen hatte; wie aufgeregt und voller Freude er gewesen war. Und wie glücklich, dass er endlich einen Freund gefunden hatte, mit dem er über all das reden konnte, was er im Herzen trug.

Sein Leben erschien ihm plötzlich trostlos und leer. Wie die Wüsten, von denen sein Freund erzählt hatte - Orte, an denen nichts wuchs, keine Pflanze, kein Baum und wo es keinen Bach gab, der fröhlich vor sich hinplätscherte.

„Wo bist du nur?", fragte er verzagt und krallte sich fest in die warme Erde, bevor er in einen unruhigen Schlaf fiel.

Neun weitere Nächte vergingen und jeden Abend saß der Feldhamster auf seinem Stein und blickte voller Erwartung in den Himmel, der meist wolkenlos war. Doch alles blieb still und kein Stern blinkte oder zwinkerte ihm zu.

Viel hatte er in den vergangenen Nächten überlegt und an die letzte Nacht gedacht, in der sie miteinander gesprochen hatten. Ob er irgendetwas Falsches gesagt oder seinen Freund verletzt hatte - mit einem Wort, einem Satz, einer Geste. Doch es wollte ihm nichts einfallen. Sie hatten wie so oft lange geredet - über die großen und kleinen Dinge im Weltgeschehen und über die Veränderung, die allem innewohnte. Der Stern hatte ihm erzählt, dass sich sogar die Berge, diese steinernen Riesen, im Laufe der Jahrtausende wandelten, wenn auch kaum sichtbar, und die Erde selbst immer in Bewegung war.

„Alles, was du siehst, ist ständig in Bewegung; sie ist der Ursprung allen Werdens - aber Bewegung bedeutet auch Veränderung."

„Ich wünschte mir, dass sich in meinem Leben etwas verändert! Ich würde

so gerne ausbrechen und aufbrechen in die weite Welt, die du mir so oft beschrieben hast. Aber ist das Teil meiner Bestimmung?", hatte er den Stern gefragt. „Ich weiß, du kannst oder willst es mir nicht sagen, aber wie soll ich wissen, ob und wann es vielleicht soweit ist?"
„Der Augenblick wird dich finden - was immer dir beschieden sei."
Mit diesen Worten hatte sich der Stern in jener letzten Nacht verabschiedet.

Als der Morgen dämmerte, fasste der Feldhamster einen Entschluss. Er würde sein behagliches Zuhause, die anderen Feldhamster und das Weizenfeld verlassen, um seinen Freund zu suchen. Er konnte nicht spurlos verschwunden sein, *irgendwo,* an einem anderen Ort, auf einem anderen Stein, würde er ihn wiederfinden. „Wenn man einen wirklich guten Freund gefunden hat, dann lässt man ihn nicht gehen", hatte der Stern zu ihm gesagt, als er ihm von dem anderen Feldhamster erzählt hatte, dem er vertraute.
„Ich lasse dich nicht einfach gehen", flüsterte der Feldhamster und blickte in den Himmel. Er verabschiedete sich von seinem Stein, der ihm wie ein zweites Zuhause geworden war. „So viele Nächte bin ich auf dir gesessen und habe geträumt und gehofft", sagte er. „Ich danke dir - du bist für mich ein besonderer Stein. Ich werde wiederkommen", fügte er leise hinzu und strich mit seiner Pfote ein letztes Mal über seine glatte Oberfläche.

Geschwind lief er zu seinem Bau, um sich für die bevorstehende Reise auszuruhen und seine Vorräte zu sichten. Am Abend würde er aufbrechen, noch bevor die anderen Feldhamster emsig herumliefen. Nur seinem einzigen Freund unter ihnen würde er sagen, dass er sich auf den Weg machte. ‚Wer weiß, ob ich jemals wiederkehre? Vielleicht überstehe ich diese Reise gar nicht? Wenigstens er sollte wissen, dass ich fortgehe.'

***

„Bist du es?"

Das Knacken der kleinen Äste, auf die er trat, erschreckte ihn. Es klang viel lauter als das Rascheln im Weizenfeld oder wenn sich das weiche Gras unter den Pfoten bewegte. Auch andere ungewohnte Geräusche, wie Laute von Tieren, die er nicht kannte und vor denen er sich vielleicht hüten musste, machten ihm Angst.

Er hatte sein Zuhause hastig verlassen und war bereits vor der Abenddämmerung an das Ende des Feldes gelaufen - dort, wo der Wald begann und der Stein lag, auf dem er immer gesessen war. Wehmütig hatte er sich ein letztes Mal umgeblickt und endgültig Abschied genommen. Sein Herz war schwer gewesen und voller Zweifel, ob er wirklich die richtige Entscheidung getroffen hatte. Zögerlich war er stehen geblieben, als ihm plötzlich ein Satz einfiel, den der Stern zu ihm gesagt hatte: „Fürchte dich nicht vor Entscheidungen und versuche herauszufinden, was sich richtig *anfühlt*. Befrage dein Herz und deinen Verstand. Wenn du hin- und hergerissen bist und zu sehr zweifelst, folge dem Rat deines Herzens. In jenem Augenblick, in dem du von deinem Entschluss überzeugt bist, wird der Wind dich tragen und dir Flügel verleihen, mit denen du die Stürme des Lebens überstehst. Selbst wenn du dich getäuscht haben solltest, war es für *dich* in diesem Moment die richtige Entscheidung, die vielleicht zu einem neuen Weg führt."

Da hatte er Mut gefasst und entschlossen den Weg in den Wald eingeschlagen.

Als er eine Weile gelaufen war und sich an das Knacken der Äste gewöhnt hatte, kam er auf eine kleine, mit Moos und Farnen bewachsene Lichtung. Noch nie hatte er Moos unter seinen Pfoten gespürt und er war überrascht, wie weich es war. Wohlig streckte er sich aus und erst jetzt spürte er seine Erschöpfung und die Anspannung der letzten Tage. Er holte ein paar Nüsse aus seinen vollgestopften Backentaschen hervor und begann sich zu stärken.
Nachdenklich blickte er in den Himmel, an dem rasch abwechselnde Wolken vorbeizogen, die nur ab und zu den Blick auf die Sterne freigaben.
„Wo magst du sein?", fragte er laut, in der Hoffnung, der Stern würde ihn vielleicht hören und antworten.
„Wer bist du?", erwiderte jemand.
Erschrocken richtete sich der Feldhamster auf, stellte sich auf seine Hinterpfoten und bewegte alarmiert seine kleine Schnauze.
Wer redete da mit ihm? Jedenfalls war es nicht die Stimme des Sterns!
Suchend blickte er um sich. Plötzlich schoss eine Gestalt auf ihn zu und landetet mit einem großen Satz neben ihm. Sein Herz pochte laut und er wollte gerade die Flucht ergreifen, als der vermeintliche Angreifer sagte:
„Du brauchst keine Angst vor mir zu haben, ich tue dir nichts. Aber es ist sehr unvorsichtig von dir, auf einer Lichtung zu rasten, wo du für andere Tiere eine mühelose Beute bist."
Erleichtert blickte der Feldhamster in die Augen eines Hasen.
„Du hast mir einen ordentlichen Schreck eingejagt", meinte er vorwurfsvoll.

„Sei froh, dass ich dich nicht fressen möchte", antwortete der Hase. „Was tust du denn hier, so ganz allein? Eigentlich sucht deinesgleichen um diese Zeit Futter auf Feldern oder Wiesen. Für einen Fuchs oder Marder bietest du hier ungeschützt ein gutes Nachtmahl."
Der Feldhamster wurde verlegen. Es war leichtsinnig von ihm gewesen, auf dieser Lichtung zu rasten.
„Du hast recht! Ich habe mir keine Gedanken darüber gemacht, ich wollte mich nur ein wenig auszuruhen."
„Weshalb suchst du keine Nahrung in deinem vertrauten Lebensraum?"
„Ich bin nicht auf der Suche nach Futter, sondern nach meinem Freund, dem Stern", erwiderte der Feldhamster.
Der Hase sah ihn erstaunt an.
„Du? Ein kleiner Feldhamster? Und seit wann kann ein Stern ein Freund sein? Sie sind nur am Himmel, um in der Dunkelheit zu leuchten."
Scheinbar belustigt zog sich der Hase seine Löffel lang und blickte ihn herausfordernd an.
Der Feldhamster war verärgert und traurig zugleich. Er hatte es geahnt: Er war einfach zu klein für diese große Reise. Aber auf seinen Freund wollte er nichts kommen lassen.
„Du hast eben noch nie mit einem Stern geredet oder Freundschaft mit ihm geschlossen! Ein Stern ist weit mehr als ein Licht, das in der Finsternis leuchtet. Er kann dir Antworten auf deine Fragen geben", erwiderte der Feldhamster.
„Papperlapapp", sagte der Hase verächtlich. „Sprechende Sterne! Wer hat

je von so etwas gehört? Wahrscheinlich hast du das geträumt oder es existiert in deiner Fantasie. Ein Stern ist ein Stern, weiter nichts."
„Das stimmt nicht! Wenn du in die Schönheit dieser Welt versinkst, dann spürst du, dass es viel mehr gibt, als die äußere Form von etwas."
Überrascht von seinen eigenen Worten hielt er inne. Er hatte dem Hasen gerade das gesagt, was der Stern ihm eines Nachts erzählt hatte. Aber erst jetzt fühlte er es mit ganzem Herzen.
„Das ist Unsinn", erwiderte der Hase, der ungehalten zu werden schien. Er stellte sich auf seine Hinterpfoten und ließ sein Gegenüber dadurch noch winziger erscheinen.
„Eine Karotte ist eine Karotte und zum Fressen da. Was soll denn eine Karotte sonst noch können? Sich mit mir unterhalten, bevor ich sie verspeise? Haha!"
Der Hase ließ sich in das Moos fallen, ganz offensichtlich belustigt über das soeben von ihm Gesagte und rollte sich genüsslich hin und her.
Verschämt blickte der Feldhamster an sich herab. Er kam sich so klein und unbedeutend vor, wie noch nie in seinem Leben. Am liebsten wäre er in den Waldboden versunken.
‚Auf diese Weise betrachtet ist es lächerlich. Ich bin lächerlich. Wer bin ich schon? Ein kleiner Niemand, über den sich nicht nur meinesgleichen lustig macht, sondern nun auch ein Hase.'

„Ich muss weiter", meinte der Hase, nachdem der Feldhamster auf seine Verspottung nichts mehr erwiderte. „Pass auf dich auf und vergiss deine

verrückten Träume!"
„Auf Wiedersehen", sagte der Feldhamster leise.
Da war der Hase auch schon mit einem großen Sprung im Wald verschwunden.
Wie ein Wurm, den jeder übersah und niemand ernst nahm, weil er nichtig schien - so fühlte sich der Feldhamster jetzt.
Er suchte sich einen Platz am Rande der Lichtung zwischen den kräftigen Wurzeln einer mächtigen Tanne. Mit seinen kleinen Pfoten scharrte er ein wenig Erde beiseite und rollte sich traurig ein. Der Spott des Hasen schmerzte ihn sehr und auch das sanfte Mondlicht, welches auf die Lichtung fiel, tröstete ihn nicht.
„Sein Herz ist noch nicht bereit, um das große Ganze zu erkennen", flüsterte eine Stimme. „Nimm es ihm nicht übel oder persönlich."
„Bist du es?", rief der Feldhamster freudig überrascht und richtete sich schlagartig auf.
„Ich weiß nicht, wen du meinst. Aber du liegst gerade zwischen meinen Wurzeln und ich habe euch gesehen und gehört, was ihr gesprochen habt", sagte die Stimme, die so sanft und ähnlich wie die des Sternes klang.
‚Ein Baum, der mit mir spricht?', dachte der Feldhamster verwundert. ‚Andererseits - wenn ein Stern mit mir redet, warum nicht auch ein Baum?'
„Danke für deine Worte", antwortete er. „Sie tun mir gut. Ich habe mich heute Abend auf den Weg gemacht, um meinen Freund, den Stern, zu suchen. Aber ich bin wohl zu klein und unbedeutend für diese Reise", fügte er mutlos hinzu.

„Niemand und nichts ist unbedeutend", sagte die Tanne. „Nicht einmal ein Kieselstein. Alles in dieser Welt ist wichtig."
„Glaubst du das wirklich?"
„Ich glaube es nicht nur, ich weiß es. Wir Bäume sind schon lange auf dieser Welt, manche unter uns werden tausend Jahre alt. Vieles habe ich gesehen im Laufe und Wandel der Zeiten. Fest verwurzelt stehe ich hier und habe viel Zeit zum Nachdenken und Beobachten. Siehst du den Baum dort drüben? Es ist eine Eiche und weil es Frühling ist, kommen ihre neuen Blätter langsam zum Vorschein. Was meinst du, ist ein Blatt unbedeutender als hundert von ihnen oder die Eiche selbst?"

Der Feldhamster dachte lange über diese Frage nach. Der Stern hatte ihn gelehrt, dass Antworten oft Zeit brauchten, um gefunden zu werden. Die Tanne wartete indessen geduldig, denn Zeit war etwas, das sie im Übermaß hatte.
Ein leichter Wind strich über die Lichtung. Der Feldhamster hob witternd seinen Kopf und sah, dass die Wolken unruhiger als zuvor hin und her tanzten. Er blickte zu der Eiche und betrachtete sie.
Schließlich meinte er: „Nein, denn jedes einzelne Blatt ist Teil des Ganzen. Und ohne seine Blätter würde dem Baum etwas fehlen."
„So ist es", erwiderte die Tanne sanft. „Daran kannst du erkennen, dass alles bedeutend ist im Gefüge des Geschehens und seinen Platz hat. An meinen Zweigen hängen viele Nadeln - immer wieder fallen sie herab. Die Ameisen sammeln sie, um sich ein Zuhause zu bauen oder sie bleiben

einfach liegen und werden im Laufe der Zeit Teil des Waldbodens. Eine Tannennadel scheint winzig, für eine Ameise ist sie das jedoch nicht. Du siehst, groß oder klein - es kommt darauf an, wie man es betrachtet."
„Das stimmt", meinte der Feldhamster und fühlte sich nicht mehr so unscheinbar.
Der stärker werdende Wind trug jetzt das Geräusch des Donners mit sich und bewegte die Zweige der Bäume.
„Vergleiche dich nicht, mein Freund", sprach die Tanne weiter. „Wenn du das tust, wirst du dich immer größer oder kleiner fühlen und deiner Bestimmung nicht wahrhaftig folgen. Nur wenn du dir selbst treu bleibst, kannst du jenen Weg finden, der für *dich* der richtige ist."
„Ich danke dir", antwortete der Feldhamster. „Du hast mir sehr geholfen! Etwas Ähnliches hat der Stern zu mir gesagt. Jetzt werde ich meine Reise mit leichterem Herzen fortsetzen."
„Gern geschehen", sagte die Tanne, „aber heute Nacht bleibst du besser hier. Ein Gewitter zieht heran und zwischen meinen Wurzeln bist du gut aufgehoben."
Es dauerte nicht lange und der Feldhamster fiel in einen tiefen Schlaf und hörte nicht einmal mehr den Donner und das Ächzen der Bäume, die vom Sturm geschüttelt wurden.

***

Jedem ist das Seine beschieden

Etwas oder jemand kitzelte ihn an seiner kleinen Schnauze. Er öffnete die Augen und fuhr sich mit den Pfoten über den Kopf.
„Autsch", sagte die Ameise vorwurfsvoll.
„Verzeihung, du hast mich geweckt! Natürlich wollte ich dir nicht wehtun. Habe ich das?", fügte er verschlafen hinzu.
„Ach was", meinte die Ameise, „ich bin Schlimmeres gewöhnt. Zwar bin ich klein, aber wir Ameisen sind sehr robust."
Der Feldhamster lächelte und dachte an die Worte der Tanne.
„Sammelst du gerade Tannennadeln für dein Zuhause?"
„Ja", erwiderte die Ameise selbstbewusst und lief nun auf einer Wurzel vor den Augen des Feldhamsters hin und her. „Aber es ist nicht meines, sondern unser Zuhause. Keine Ameise lebt allein - jede ist Teil einer großen Gemeinschaft. Ich bin eine Arbeiterin und stolz darauf, denn ich diene dem Ganzen."
Wieder erinnerte sich der Feldhamster an das nächtliche Gespräch mit der Tanne und blickte zu der Eiche. Sonnenstrahlen fielen auf ihre jungen, frischen Blätter und das mit Tau bedeckte Moos auf der Lichtung glänzte im Morgenlicht. Er wandte seinen Blick zum Himmel, an dem keine einzige Wolke zu sehen war und der nach dem Gewitter von gestern Nacht in einem kräftigen Blau strahlte.
„Es ist ein wunderschöner Morgen", sagte er voller Freude zu der Ameise.
„Ja, und ein gutes Wetter zum Arbeiten." Plötzlich hörte sie auf, unru-

hig umherzulaufen und meinte: „Bist du ganz alleine hier? Wo sind deine Freunde, wo ist deine Familie?"

Der Feldhamster wurde etwas verlegen.

„Wir sind Einzelgänger. Im Übrigen habe ich mich auf den Weg gemacht, um einen Freund zu suchen."

„Du lebst alleine? Das könnte ich mir nicht vorstellen!"

„Nun ja, bei unserer Art ist das eben so. Dennoch bin ich ein umgänglicher Zeitgenosse", bemerkte er zwinkernd.

„Jedem ist das Seine beschieden", meldete sich der Baum plötzlich zu Wort.

Freudig überrascht richtete sich der Feldhamster auf und blickte an der Tanne hoch.

„Ja", stimmte er zu. „Alles hat seinen Platz in der Natur, nicht wahr?"

„Wenn du meinst", sagte die Ameise, die den Baum nicht gehört zu haben schien. „Ich muss jetzt weiter!"

Schnell war sie verschwunden und auch der Feldhamster beschloss, seinen Weg fortzusetzen.

„Ich danke dir für deinen Schutz und den Mut, den du mir gemacht hast. Ich werde dich nie vergessen!", sagte er zu der Tanne.

„Es hat mich gefreut, deine Bekanntschaft zu machen. Ich wünsche dir viel Glück und gib auf dich acht! Am Ende des Waldes wohnt eine Eule, die lange Zeit ihr Zuhause in meinen Zweigen hatte. Diese Lichtung hier hat ihr besonders gut gefallen. Vielleicht kann sie dir helfen, deinen Freund zu finden."

„Vor einer Eule muss ich auf der Hut sein - für unseresgleichen bedeutet sie Gefahr", erwiderte der Feldhamster.
„Solltest du ihr begegnen, richte ihr aus, dass ich dir Schutz gewährt habe und sie darum bitte, dir nichts zu tun. Wir sind alte Freunde", sagte die Tanne.
„Nun gut, wenn du meinst, dass mir das hilft."
„Bestimmt und jetzt lauf, es ist ein herrlicher Tag! Am liebsten würde ich mit dir ziehen und auch einmal andere Plätze auf dieser Welt sehen. Aber meine Bestimmung ist es, fest verwurzelt auszuharren. Ich wiege mich in der scheinbaren Endlosigkeit meiner Zeit und füge mich in mein Sein."
„Dann lebst du fast so lange wie die Sterne?", fragte der Feldhamster, der mit ein paar Sprüngen auf der Lichtung gelandet war und sich wieder in das weiche Moos fallen ließ.
„Nein, so lange währt mein Sein nicht. Die Sterne waren vor mir da und sind es immer noch. Trotzdem ist es eine lange, lange Zeit, mein Freund."

Mit leichtem Herzen setzte der Feldhamster seinen Weg durch den Wald fort. Immer wieder fielen blitzende Sonnenstrahlen durch die Bäume und wärmten sein Fell. Oft blieb er staunend stehen und betrachtete ein mit Farnen bedecktes Waldstück oder wundersame, von Bäumen eingekreiste Lichtungen. Für den Feldhamster war der Wald eine Welt voller Zauber und Magie, in der es viele kleine Welten gab. Moosbedeckte Baumstämme mit kleinen Öffnungen waren im Laufe der Zeit zu verwunschenen Formen gewachsen und das Zuhause von Käfern und anderen kleinen Tieren. Einmal erblickte er auf einer Lichtung ein Reh mit ihrem Jungen. Zunächst erschrak er, doch dann spürte er instinktiv, dass er sich vor diesen beiden Wesen nicht fürchten musste und beobachtete sie in respektvollem Abstand. Die Vögel sangen an diesem sonnigen Tag freudiger als sonst das Lied vom Frühling und ihr Gezwitscher stimmte ihn fröhlich. Zweimal witterte er Gefahr und schlug einen anderen Weg ein. Er vertraute seinem Gefühl und hoffte, dass er das Ende des Waldes noch vor Einbruch der Nacht erreichen würde.

Schon vor dem Beginn seiner Reise hatte er überlegt, dass er seinen natürlichen Rhythmus unterbrechen musste. Zwar war ihm auch der Tag vertraut, doch die Nacht war sein Element und immer wieder spürte er, dass sich die Müdigkeit in ihm ausbreitete. Dann rastete er und versuchte dem aufkommenden Bedürfnis nach Schlaf nicht nachzugeben.

Als das Licht im Wald langsam spärlicher wurde und es zu dämmern begann, wurde der Feldhamster ratlos. Nichts deutete darauf hin, dass er den Wald bereits durchwandert hatte. Er wusste ja nicht, wie groß er war und hoffte, nicht im Kreis gelaufen zu sein und dass ihn sein Instinkt richtig geleitet hatte. Wenn er nach oben blickte, sah er meistens nur die Spitzen der Bäume und kein Stück freien Himmels; außer auf den Lichtungen. Er wollte bald wieder an eine Wiese oder ein Feld gelangen, von wo aus er in den Sternenhimmel blicken konnte, um seinen Freund zu suchen.

Seine Pfoten bereiteten ihm Sorgen, sie schmerzten von dem unwegsamen Waldboden und seine rechte Vorderpfote blutete leicht, denn einmal war er an dornigem Gestrüpp hängen geblieben.

‚Ich werde mir einen Unterschlupf für die Nacht suchen müssen', überlegte er. ‚Das Klügste wird es sein, wieder einen Baum mit großen Wurzeln oder einer kleinen Öffnung zu finden, die unbewohnt ist und mir Schutz bietet.'

Das Laufen fiel ihm ständig schwerer und angestrengt hielt er nach einem passenden Platz Ausschau. Es war schon fast dunkel, als er an eine größere Lichtung gelangte. Sofort dachte er an die Begegnung mit dem Hasen und hielt Abstand.

Plötzlich spitzte er die Ohren.

Was war das für ein seltsamer Laut inmitten der Stille? Das Zwitschern der Vögel war längst verstummt und der Feldhamster kannte den Schrei des Falken.

Witternd hob er die Schnauze in die Höhe und sofort begann sich sein Fell zu sträuben.

Gefahr! Er befand sich gerade zwischen zwei Fichten, die dicht zusammenstanden. So schnell er konnte, huschte der Feldhamster weiter und begann in Windeseile Laub und Erde zwischen den Wurzeln beiseite zu scharren, um sich zu verstecken.

Doch schon im nächsten Augenblick hörte er Flügelschlagen und wieder diesen merkwürdigen Laut. Erschrocken drehte er sich um und sah etwas aufblitzen.

‚Die Eule!'

Wie ein Pfeil schoss die Furcht in sein Herz und gleich darauf spürte er etwas Scharfes in seinem Rücken. Jäh durchfuhr ihn der Schmerz.

„Tu mir nichts!", rief er verzweifelt und außer sich vor Furcht. „Die Tanne, in der du dein Zuhause hattest, bittet dich darum. Sie gewährte mir gestern Zuflucht."

Augenblicklich ließ ihn die Eule los und flog auf einen tiefer liegenden Ast der Fichte. Stumm betrachtete sie den Feldhamster mit ihren gelben Augen, während er sich mühsam aufrichtete.

„Danke", keuchte er und schüttelte sich.

„Wofür?", fragte die Eule.

„Dass du mich verschont hast!"

„Dafür habe ich mich noch nicht entschieden, denn du wärest mir ein willkommenes Nachtmahl", entgegnete sie.

„Bitte lasse deine Entscheidung zu meinen Gunsten ausfallen", flehte der Feldhamster.

Er zitterte, sein Rücken schmerzte und am liebsten hätte er sich vor lauter Erschöpfung einfach ausgestreckt. Aber er musste die Eule davon überzeugen, am Leben zu bleiben.

„Ich habe mich auf den Weg gemacht, um meinen Freund, den Stern, zu suchen."

„Sieh einer an", sprach die Eule bedächtig. „Du scheinst mutig zu sein. Das gefällt mir", setzte sie hinzu und bewegte den Kopf dabei fast unmerklich hin und her.

Der Feldhamster war überrascht. Es war das erste Mal, dass ihn ein anderes Tier mutig fand. Sogleich fühlte er sich stärker und fasste sich ein Herz.

„Kannst du mir sagen, ob Sterne vielleicht wandern? Ob sie sich einen an-

deren Platz am Himmelszelt aussuchen? Ansonsten kann ich es mir nicht erklären, dass ich meinen Freund nicht mehr sehe und seine Stimme nicht mehr höre. Viele Nächte haben wir uns unterhalten und Wundersames hat er mir erzählt, doch plötzlich war er verschwunden. Er hat aufgehört, mir zuzuzwinkern - daran habe ich ihn immer erkannt - und sprach nicht mehr mit mir. Ich habe viel überlegt, woran es gelegen sein könnte, aber keine Antwort gefunden."

Die Eule neigte ihren Kopf leicht nach rechts und plusterte ihr Gefieder auf. Eine lange Zeit, so kam es dem Feldhamster jedenfalls vor, schwieg sie. Ihre Augen verwandelten sich in kleine Schlitze und schließlich legte sich der Feldhamster hin, denn er fühlte sich so kraftlos, dass er sich kaum aufrecht halten konnte. Er verspürte keine Angst mehr, aber vielleicht lag es nur an der großen Müdigkeit, gegen die er nicht länger ankämpfen konnte.

Schließlich weckte ihn die Eule aus einem Halbschlaf.
„Sterne wandern nicht", sagte sie und ihre Stimme hörte sich jetzt anders an als zuvor. Für den Feldhamster klang sie wie das Flüstern des Windes, wenn er leicht und leise über das Weizenfeld streifte und die Spitzen der Ähren zaghaft berührte.
„Sie haben ihren festen Platz dort oben - wie alles im Gefüge des Weltgeschehens", fuhr sie fort. „Dennoch ist ihnen genauso Veränderung und die Vergänglichkeit beschieden."
„Das hat der Stern auch gesagt", erwiderte der Feldhamster und begann

sich das Fell zu putzen, um seine Schläfrigkeit zu vertreiben. „Aber dann könnten sie ja wandern? Bedeutet Bewegung nicht Veränderung?"
Ein sanftes Lächeln huschte über das Gesicht der Eule. Der Feldhamster sah es nicht, denn er war zu beschäftigt mit seiner Fellpflege und dachte dabei nach.
„Bewegung heißt nicht unbedingt, dass sich etwas fortbewegt", sprach die Eule. „Jeder Baum wächst und reift heran, die Laubbäume streifen im Herbst ihre Blätter ab und im Frühling erstrahlen sie in neuem Gewand. Auch das ist Bewegung. Sie sind fest verwurzelt in der Erde, sie ist ihr Zuhause, aber sie strecken sich nach dem Himmel, der ebenso ihre Heimat ist, und manchmal scheint es, als wollten sie endlos wachsen."
„Ich verstehe, was du meinst", sagte der Feldhamster. „Darüber habe ich mit dem Stern in der letzten Nacht gesprochen. Allerdings …"
Er hielt inne und blickte nachdenklich zu der Lichtung. Mit einem Mal erfüllte ihn eine tiefe Traurigkeit. Wenn der Stern nicht gewandert war, bedeutete es, dass er nicht mehr mit ihm sprechen wollte.
„Allerdings …?", meinte die Eule nach einer Weile.
„Dann bin ich nicht mehr sein Freund", sagte der Feldhamster leise und schweren Herzens.
„Vielleicht irrst du", erwiderte die Eule.
„Gute Freunde sprechen miteinander, oder? Und wenn man einen guten Freund gefunden hat, lässt man ihn nicht einfach gehen. Das hat er selbst gesagt. Doch offensichtlich war es ihm nicht ernst damit", fügte er enttäuscht hinzu.

„Es könnte einen anderen Grund geben, warum er nicht mehr mit dir redet."

„Aber welchen denn?", rief der Feldhamster aufgebracht. „Immer und immer wieder habe ich nachgedacht, worüber wir in der letzten Nacht gesprochen haben! Ob ich irgendetwas gesagt habe, dass ihn verletzt haben könnte, aber ich wüsste nicht, was es gewesen sein sollte!"

„Welches war der letzte Satz, den er zu dir gesagt hat, bevor ihr euch in jener Nacht verabschiedet habt?"

Der Feldhamster rieb sich nachdenklich die Pfoten und überlegte. Sein Rücken tat noch immer weh, aber der Kummer über seinen verlorenen Freund war größer als sein körperlicher Schmerz.

Die Eule wartete indessen geduldig auf die Antwort des Feldhamsters und blickte in den klaren Nachthimmel. Das Leben war nicht leicht zu verstehen und rätselhaft. Doch sie erinnerte sich stets daran, dass die Rätsel selbst ein Teil der Lösung waren.

Die Stimme des Feldhamsters holte sie aus ihren Gedanken.

„Der Stern sagte: ‚Der Augenblick wird dich finden - was immer dir beschieden sei.' Ich weiß es ganz genau, denn zuvor hatte ich ihm gesagt, dass ich so gerne in die weite Welt aufbrechen würde, von der er mir so viel erzählt hat."

„Nun", meinte sie und ihre Augen leuchteten wie zwei kleine Monde, als sie den Feldhamster anblickte. „Das ist die Antwort auf deine Frage!"

„Ich verstehe nicht …"

„Hättest du dich auf den Weg begeben, wenn dein Freund weiterhin mit dir gesprochen hätte?"
Der Feldhamster überlegte einen Moment.
„Wahrscheinlich nicht", sagte er schließlich leise. „Denn auch wenn er mir immer wieder gut zugeredet und Mut gemacht hat, habe ich doch an mir gezweifelt. Ich fühlte mich klein und unbedeutend und habe nicht daran geglaubt, dass ich die Stärke besitze, einfach aufzubrechen, um mehr von der Welt zu sehen und vielleicht meine Bestimmung zu finden."
„Ein Kümmernis ist manches Mal ein Wink des Schicksals. Wer sein Herz und seine Augen offen hält und nicht verzagt, dem ist oft ein größeres Glück beschieden", sprach die Eule. „Nun kannst du deinen Weg ohne Bitterkeit fortsetzen. Wer weiß, wohin er dich führt und welches deine Bestimmung ist?"
„Das ist eine Frage, die mir sehr am Herzen liegt", erwiderte der Feldhamster. „Du bist weise und klug, kannst du mir die Antwort sagen?"
„Deine Bestimmung zu suchen, ist Teil deines Weges und treibt dich voran. Nur du allein kannst und musst sie finden."
„Der Stern meinte das auch", sagte der Feldhamster. „Morgen früh werde ich weiterziehen. Vorausgesetzt, du suchst dir ein anderes Nachtmahl."
„Du bist mutig und verdienst meinen Respekt! Deshalb werde ich dich verschonen. Lebe wohl und gib nicht auf, selbst wenn dein Weg in die Dunkelheit führt."
Mit diesen Worten flog sie davon und der Feldhamster blickte ihr nach, wie sie in der Finsternis des Waldes verschwand.

Ihre letzten Worte stimmten ihn nachdenklich und machten ihm Angst.
Was hatten sie zu bedeuten?

***

Ein weites Land

Noch vor Anbruch der Dämmerung war der Feldhamster aufgebrochen, nach einer unruhigen Nacht mit schweren Träumen. Er hatte von dem Kampf mit der Eule geträumt und dem Weizenfeld mit seinem gemütlichen Heim unter der Erde. Und von seinem Freund, dem einzigen unter den anderen Feldhamstern, der ihm ohne Spott begegnet war. Fragend und ernst hatte ihn dieser im Traum angeblickt, ohne etwas zu sagen. Er wollte näher zu ihm hin, doch plötzlich zerfiel er selbst zu Staub und das Letzte, was er im Traum sah, war der mitleidsvolle Blick seines Freundes.

Mit einem Schrecken und erfüllt von Heimweh und Sorge, war der Feldhamster aufgewacht und als er den Wald weiter durchquerte, beschlich ihn ein banges Gefühl. Würde er seine Heimat jemals wiedersehen?

Das Laufen war mühsam - seine Pfoten schmerzten und er spürte die Anstrengungen des gestrigen Tages. Während er zögerlich seinen Weg fortsetzte, fragte er sich, ob es richtig gewesen war, sein Zuhause zu verlassen. Die Träume der vergangenen Nacht ließen ihn nicht los und die Suche nach dem Stern erschien ihm mit einem Mal sinnlos.

Seit er auf dieser Welt war, hatte er die Sehnsucht in seinem Herzen getragen und so viele Fragen. Vieles hatte er von dem Stern erfahren und Antworten erhalten, aber das brennende Gefühl in ihm war geblieben. Sicherlich, er wollte die Welt sehen, aber würde er dabei seine wahre Bestimmung finden? Hatte sein Freund, der andere Feldhamster, vielleicht recht gehabt, als er sagte, dass ihnen nicht mehr gegeben sei, als ihrer

Natur zu folgen? Würde ihm der Stern von einem anderen Platz aus wieder zublinken? Wenn es stimmte, was die Eule gesagt hatte, dann könnte er das doch jetzt wieder tun, denn er war ja aufgebrochen in die weite Welt. Wie sehr er ihn vermisste!

Langsam erklangen die ersten Lieder der Vögel und endlich erreichte der Feldhamster das Ende des Waldes.
Überrascht hielt er inne.
Vor ihm erstreckte sich weites, leicht hügeliges Land - farbenfrohe Frühlingswiesen und kleine Waldstücke wechselten bunt durcheinander gewürfelt mit Feldern und Äckern. Als der Feldhamster noch weiter in die Ferne blickte, sah er die geheimnisvollen Berge, von denen ihm der Stern erzählt hatte. Ein blutroter Streifen am Horizont tauchte ihre schneebedeckten Spitzen in ein rotgoldenes Licht und der Feldhamster vergaß mit einem Mal all seine düsteren und beunruhigenden Gedanken, so atemberaubend schön nahm ihn die Natur in ihren Bann.
Eine ganze Weile blieb er dort sitzen und ließ seinen Blick immer wieder über die Landschaft schweifen.
‚Wie schön diese Erde ist und um wie vieles größer, als ich jemals geglaubt hätte‘, dachte der Feldhamster voller Bewunderung. ‚Dieser Anblick allein ist meine Reise wert und ich bin dankbar und froh, dass ich mich auf den Weg gemacht habe.‘
Und plötzlich sprang er voller Übermut auf und lief los. Er spürte keine schmerzenden Pfoten mehr oder Müdigkeit, er wollte nur eintauchen in

diese scheinbare Unendlichkeit und durch die Wiesen und Felder laufen, um irgendwann am Fuße der Berge anzukommen. Er flitzte durch vom Morgentau benetztes Gras, vorbei an duftendem Löwenzahn und Schlüsselblumen und über Äcker mit schwerer, feuchter Erde.
Als der Feldhamster schließlich in ein kleines Waldstück gelangte, rastete er an einem Bach, der leise vor sich hinplätscherte.
Er war müde und so scharrte er ein wenig Laub um und über sich, verspeiste die letzten Haselnüsse aus seinen Backentaschen und fiel wenige Minuten später in einen tiefen Schlaf.

Wieder träumte der Feldhamster, doch diesmal waren es schöne Träume über die Wunder der Natur und als er aufwachte, fühlte er sich gestärkt und erfrischt. Nachdem er sich ausgiebig geputzt hatte, schüttelte er sich einige Male, um die letzten Spuren von Müdigkeit zu vertreiben. Er sammelte ein paar Samen und Bucheckern, die er unter dichtem Laubboden ausfindig machte und begab sich erneut auf den Weg.
Er musste lange geschlafen haben, denn das Licht fiel nur noch spärlich durch die Bäume. Sehr rasch hatte er den kleinen Wald durchquert und gelangte auf eine Wiese.
‚Ich muss achtgeben', überlegte er. ‚Die Zeit der Dämmerung ist gefährlich für meinesgleichen.'
Prüfend blickte er in den Himmel, ob dort größere Vögel kreisten, doch er sah keinen einzigen. In der Ferne zeigte sich der Abendstern und ein Hoffnungsschimmer durchzog sein Herz.

‚Am Rande des nächsten Waldes werde ich die Nacht abwarten. Vielleicht finde ich auch einen großen Stein.'
Wieder erfüllte ihn die Wehmut bei dem Gedanken an sein Zuhause und den wohlvertrauten Stein, auf dem er so viele Nächte gesessen war.
Er huschte durch die Wiese und nachdem er ein Stück gelaufen war, überkam ihn das gleiche Glücksgefühl wie am Morgen. Tief sog er den Duft der frischen Gräser ein und die Wehmut wich dem Übermut der Freiheit.
‚Ich habe es wirklich gewagt', dachte er freudig, ‚ich habe das Vertraute und Behagliche hinter mir gelassen. Es tut ein bisschen weh, aber das Neue und die Schönheit dieser Welt wiegen alles auf.'
Der Feldhamster erinnerte sich daran, was der Stern eines Nachts zu ihm gesagt hatte: „Freiheit ist frei von Furcht, sie vertraut dem ewigen Augenblick. Der Augenblick ist das Einzige, was wir haben. Nichts gehört dir, nichts bleibt - nur die Erinnerung. Es gibt immer nur diesen einen Moment. Je intensiver du ihn lebst, desto erfüllter wirst du eines Tages auf dein Leben zurückblicken."
„Es stimmt", rief er dankbar in den Himmel und begann übermütig in einem Maulwurfshügel zu wühlen. Die feuchte, kühle Erde fühlte sich herrlich an, sie war sein Element und einen Augenblick lang fühlte er sich so glücklich, wie nie zuvor in seinem kurzen Leben.
Ausgelassen buddelte der Feldhamster weiter in der Erde, wälzte sich herum und vergaß alles andere.
Der Himmel färbte sich allmählich dunkel und von Weitem hörte er plötzlich den Ruf des Falken.

Angsterfüllt hielt er inne und wollte gerade hochblicken, als die Erde mit einem Mal unter seinen Pfoten nachgab und er jäh in die Tiefe stürzte.
Der Schreck fuhr in seine Glieder, es gab keinen Halt und sein Fallen schien endlos zu dauern, bevor er aufprallte. Glücklicherweise landete er auf der Seite und obwohl es schmerzte, spürte er instinktiv, dass er nicht verletzt war.
„Hüte dich vor den Falken und Maulwürfen! Die Falken sind gefährlich und die Maulwürfe sind griesgrämig und wollen ihre Ruhe."
Diesen Satz hatte ihm seine Mutter im letzten Sommer mit auf den Weg gegeben, als er noch sehr jung gewesen war und sein behagliches Nest verlassen musste.
‚Schon wieder war ich leichtsinnig', dachte er reumütig, während er sich in der Dunkelheit orientierte. ‚Hoffentlich bin ich nicht in bewohntes Revier geraten, das mögen die Maulwürfe ebenso wenig wie wir Feldhamster.'
Fieberhaft überlegte er, wie er schnellstens von hier fortkam. Am besten, aber auch am anstrengendsten würde es sein, wenn er versuchte, durch den gleichen schmalen Tunnel wieder hinauszugelangen.
‚Ich sollte nichts riskieren - vielleicht ist dieser Bau unbewohnt, aber wer weiß?'
Mühsam krabbelte der Feldhamster ein paar Zentimeter hoch und versuchte mit seinen scharfen Krallen Halt in der Erde zu finden.
Plötzlich hörte er ein Geräusch. Was war das? Wie ein bedrohliches Schnaufen klang es und wurde immer lauter. Im nächsten Augenblick fühlte er etwas um seine Hinterpfoten und wurde erneut in die Tiefe gezo-

gen.

„Du elendiger Eindringling! Hier geblieben!"

Die Maulwürfe waren zu dritt und der Feldhamster hatte keine Möglichkeit, sich zu wehren oder ihnen zu entkommen. Sie hatten ihn umzingelt und bauten sich bedrohlich vor ihm auf.

„Du bist wohl zu faul, dir ein eigenes Zuhause zu graben? Na, du wirst schon sehen, was du davon hast!", fauchte der größte Maulwurf unter ihnen.

„Nein", rief der Feldhamster, „das ist ein Missverständnis. Ich habe in einem eurer Hügel gebuddelt und fiel plötzlich hinab. Ich bin kein Eindringling, ganz sicher nicht! Soeben wollte ich wieder nach oben und fort von hier."

„Ach ja? Kennst du keine Maulwurfshügel? Nein, wir glauben dir nicht!", sagte der Maulwurf zu seiner rechten Seite.

„Du bist unser Gefangener und morgen früh wirst du bestraft", meldete sich der größte unter ihnen wieder zu Wort.

„Bitte nicht! Ich spreche die Wahrheit!", sagte der Feldhamster verzweifelt.

Seine Gedanken überschlugen sich, während er einem der Maulwürfe notgedrungen durch lange, verschlungene Gänge folgen musste. Die anderen zwei blieben dicht hinter ihm, sodass an ein Entkommen nicht zu denken war.

Was für eine Strafe meinten sie? Wollten sie ihn töten?

Er fühlte einen Kälteschauer und Entsetzen überkam ihn. War dies das

Ende seiner Reise, das Ende seines kurzen Lebens?
Plötzlich fiel ihm der Satz ein, mit dem sich die Eule verabschiedet hatte: „Lebe wohl und gib nicht auf, selbst wenn dein Weg in die Dunkelheit führt."
Hatte sie geahnt, welches Schicksal ihn ereilen würde?
Er fasste ein klein wenig Mut. Nein, er würde nicht so schnell aufgeben und nach einem Ausweg suchen. Vielleicht konnte er die Maulwürfe doch davon überzeugen, dass er aus Versehen in ihr Revier geraten war.

***

Eine lange Nacht

Nach scheinbar endlosem Laufen durch unzählige Gänge und Tunnel kamen sie schließlich in eine geräumige Höhle, in der sich andere Maulwürfe versammelt hatten.

Ein Raunen erfüllte die Dunkelheit und erneut überfiel den Feldhamster die Furcht.

Wie viele waren es? Wo er auch hinblickte, sah er Maulwürfe. Sie warfen ihm bedrohliche Blicke zu und ließen böse oder spöttische Bemerkungen fallen.

„Sieh mal an: ein Nichtsnutz, der es sich auf Kosten anderer gemütlich machen wollte!"

„Feldhamstern kann man eben nicht trauen! Es sind seltsame Einzelgänger."

„Und sie sind träge und faul!"

Die drei Maulwürfe, die ihn gefangen genommen hatten, drängten ihn jetzt in die Mitte der Höhle und alle anderen versammelten sich im Kreis. Der Feldhamster fühlte sich erbärmlich. Hunderte Augen waren auf ihn gerichtet und blickten ihn feindselig an.

„Brüder", sprach der große, dicke Maulwurf, der offensichtlich der Rangälteste war, „bei unserem abendlichen Rundgang haben wir diesen Eindringling entdeckt und konnten ihn ergreifen."

Viele Maulwürfe nickten anerkennend, andere scharrten mit den Pfoten.

„Offensichtlich wollte er sich in ein gemachtes Nest setzen. Aber wir

dulden so eine Unverfrorenheit nicht!"
„Nein, keinesfalls", riefen die anderen aufgebracht.
„Seid ihr dafür, dass wir ihn morgen seiner gerechten Strafe aussetzen?"
„Ja! Unbedingt!", schallte es durch die Höhle.
„Bitte", rief der Feldhamster außer sich vor Angst, „hört mich an! Es war keine Absicht, ich bin aus Versehen in die Tiefe gestürzt! Schon meine Mutter lehrte mich, dass man nicht in eure Behausungen eindringt."
Doch niemand schien ihm Glauben zu schenken. Die meisten Maulwürfe schüttelten den Kopf oder blickten an ihm vorbei.
„Ihr dort!", befahl der dicke Maulwurf zwei anderen auf der linken Seite des Kreises. „Ihr wisst, was zu tun ist! Bringt ihn in die verlassene Kammer und bewacht ihn. Bei Morgengrauen wird die Strafe vollzogen."
Der Feldhamster wollte erneut etwas erwidern, aber es war zwecklos. Die beiden Maulwürfe drängten ihn rasch durch die anderen zu einem schmalen Tunnel auf der gegenüberliegenden Seite; einer lief vor ihm und der zweite dicht hinter ihm.

Verzweifelt hielt er Ausschau, ob es irgendeine Öffnung gab, einen schmalen Gang, in den er sich schnell hätte hineinzwängen können und durch den ihm die zwei Maulwürfe nicht folgen konnten. Aber kein Fluchtweg tat sich auf und nach einer kurzen Weile kamen sie bei einer kleinen Einbuchtung an.
Unsacht stießen sie ihn hinein und setzten sich dann mit ihrem Rücken vor die Öffnung, sodass es keine Fluchtmöglichkeit gab.

Entmutigt und erschöpft schloss der Feldhamster seine Augen.
Was würde geschehen? Welche Strafe erwartete ihn? Bedeutete sie seinen Tod? Seine düsteren Gedanken begannen sich zu überschlagen und er unternahm einen letzten Versuch.
„Ich wollte es mir in eurem Bau nicht bequem machen, bestimmt nicht! Ich habe großen Respekt vor euch Maulwürfen. Ich bin auf der Reise, um einen guten Freund zu suchen und nicht auf der Suche nach einem Zuhause, ich habe selbst eines. Bitte glaubt mir!"
Einer der beiden drehte sich um und meinte:
„Es ist sinnlos, mit uns zu reden. Wir führen nur unsere Anweisungen aus. Niemand hat dir Glauben geschenkt und morgen Früh wirst du bestraft! So ist es beschlossen worden."
„Aber was erwartet mich?", fragte der Feldhamster verzagt und voller Angst.
„Es dauert nicht mehr lange und du wirst es sehen!" Mit diesen Worten wandte ihm der Maulwurf wieder den Rücken zu.

Endlos schien die Zeit bis zum Morgengrauen.
Immer wieder fiel der Feldhamster in einen unruhigen Schlaf mit unheilvollen Träumen, die sein Ende bedeuteten. Er träumte, dass ihn die Maulwürfe mit Steinen bewarfen oder sich auf ihn stürzten und auf ihm herumtrampelten, bis er tot war. Einmal legten sie ihn an einem Waldrand unter einen großen Stein und hilflos musste er zusehen, wie sich der Fuchs an ihn heranpirschte, um ihn zu fressen. Voller Qual erwachte er immer wie-

der aus seinen Albträumen und dann sah er seine Heimat vor sich, das Weizenfeld, und fragte sich wehmütig, ob er den größten Fehler seines Lebens begangen hatte, indem er sich auf die Suche nach dem Stern gemacht hatte. Er dachte an die anderen Feldhamster, die ihn ständig verspottet hatten: War er eingebildet gewesen? Hatte er tatsächlich zu hoch hinaus gewollt - war er deshalb gefallen? Hätte er nicht lieber wie all die anderen einfach nur seinen natürlichen Bedürfnissen folgen sollen? Ohne ständig nach Antworten auf seine Fragen zu suchen? Hätte er dem brennenden Verlangen seines Herzens nicht nachgeben dürfen?

Immer mehr verirrten sich seine Gedanken und irgendwann zweifelte er sogar daran, ob der Stern wirklich zu ihm gesprochen hatte. War es eine Einbildung gewesen?

Als sich die Nacht ihrem Ende zuneigte, träumte er von dem Stern. Er blinkte ihm zu, so, wie er das immer getan hatte, aber diesmal fielen seine Strahlen auf ihn herab und berührten ihn. Er spürte die Wärme seines sanften Lichts, sie streifte sein Fell und durchrieselte ihn. Für einen traumvollen Augenblick fühlte er sich geborgen und frei von Furcht vor dem kommenden Tag.

Und im Traum schien es ihm, als hörte er das erste Mal seit Langem wieder seine Stimme: „Fürchte dich nicht, mein kleiner Freund. Das Licht der Unvergänglichkeit leuchtet in dir, was immer auch geschehen mag. Es ist wichtig, daran zu glauben. Jedes Wesen trägt dieses Licht in sich; es kommt aus der unsichtbaren Welt - vergiss das nicht!"

Tröstend und sanft waren seine Worte, sie erinnerten ihn an das leise Rauschen des Baches, an dem er gestern Nachmittag gerastet hatte.

Der Feldhamster wollte in diesem wunderschönen Traum verharren und den Stern gerade fragen, was denn mit ihm geschehen würde und ob er etwas tun könnte, als ihn jemand plötzlich grob in die Seite stieß.

„Aufstehen! Es ist soweit. Los, komm mit!"

Er schüttelte sich und rieb sich mit seinen Pfoten die Augen.

‚Es war ja nur ein Traum, er hätte mir nicht geantwortet', dachte er mit bangem Herzen, als er zwischen den beiden Maulwürfen zurück zur Höhle lief. Von dort aus schlossen sich ihnen mehrere Maulwürfe an, auch ihr Anführer war dabei. Sie nahmen einen Gang, der schräg aufwärts führte.

‚Was werden sie mit mir tun?', dachte er verzweifelt.

***

Morgendämmerung

„Wir sind da", meinte der Anführer der Maulwürfe schließlich.
Ohne dass der Feldhamster wusste, wie ihm geschah, packten ihn mehrere Maulwürfe und schoben ihn in die Höhe. Er wehrte sich instinktiv, dabei prustete er und schnappte nach Luft, denn dieser Gang war schmal und offensichtlich lange nicht mehr benutzt worden.
Auf einmal wurde es hell und er sah die mit Morgentau benetzte Wiese, durch die er gestern noch so glücklich gelaufen war.
Immer weiter wurde er von unten hinaufgeschoben und im nächsten Moment grub er bereits seine Vorderpfoten in den von ihnen aufgeschütteten Hügel.
Hoffnung beschlich ihn - vielleicht hatten sie es sich anders überlegt und ließen ihn frei?
‚Das wird es sein', dachte der Feldhamster erleichtert, während er spürte, dass jetzt auch sein Bauch über der Erde war.
Doch dann ... jähes Entsetzen überkam ihn und er verstand, was sie im Schilde führten. Seine Hinterpfoten blieben fest umklammert, als hingen Bleichgewichte an ihnen. Für einen Moment schlug er verzweifelt um sich. Die Maulwürfe setzten ihn den Greifvögeln aus! Ganz gleich, welcher es sein würde - um diese Zeit war er für jeden eine willkommene Mahlzeit. Sobald sich einer auf ihn stürzte, würden sie es merken und ihn loslassen.
‚Das ist das Ende - jetzt gibt es keine Hoffnung mehr für mich!'
Die Furcht, die nun von ihm Besitz ergriff, war so groß, dass er für einen

Moment aufhörte zu atmen.

Plötzlich sah er aus dem rechten Augenwinkel den Kopf eines Maulwurfs.

„Bitte", flehte er außer sich, „lasst mich frei!"

Der Maulwurf erwiderte nichts und verschwand erneut unter der Erde.

Erschöpft und jeglicher Hoffnung beraubt, schloss er die Augen und die Erinnerungen seines kurzen Lebens zogen an ihm vorbei - wie die Wolken am Himmel, wenn der Wind sie rasch vorantrieb.

Wie schon oft und auch in jenem Augenblick, erinnerte sich der Feldhamster an etwas, das ihm der Stern gesagt hatte: „Keine Wolke gleicht der anderen und ebenso ist jede Erinnerung ein kleines, einzigartiges Bild, durchwoben mit Freude, Leid, Glück und Schmerz. Deine Erinnerungen sind der Schatz, der in deiner Seele wohnt - keine anderen Schätze gibt es auf dieser Erde. Sie allein bleiben dir, wenn du deine Reise beginnst, die dich von dieser Welt fortführt."

Von Wehmut erfüllt blickte er zurück und sah das freundliche Blinken des Sterns und jenen Moment, in dem er seine Suche nach ihm begonnen hatte. Die Begegnung mit dem Hasen auf der Lichtung und der freundlichen Tanne. Die kleine Ameise, die rastlos vor ihm herumgelaufen war. Den Wald, den er mühsam durchquert hatte und all seinen Zauber, der ihn mit Freude erfüllt hatte. Er blickte noch einmal in die mondgelben Augen der Eule und dachte an ihren letzten Satz. Er sah sich durch die Wiesen flitzen, voller Glück über die unendliche Schönheit der Welt. Und zuletzt kam ihm die Erinnerung an das Bild der Berge, deren Spitzen im Morgenrot glänzten.

War der Tod, der ihm jetzt beschieden war, diese kurze Reise wert gewesen?

Hatte er das Leben herausgefordert, weil er versucht hatte, seinen Freund wiederzufinden?

Wäre es besser gewesen, seiner brennenden Sehnsucht, die wie ein Feuer in seinem Herzen loderte, nicht zu folgen?

Doch trotz dieser schmerzlichen Fragen erfüllte ihn die Erinnerung an den Stern und die letzten Tage mit Glück.

‚Wer weiß', dachte er, ‚auch in meiner Heimat hätte ich von einem Raubvogel getötet werden können. Doch der Schatz meiner Seele wäre viel kleiner gewesen!'

Und da öffnete der Feldhamster die Augen und rief in den Himmel: „Nein, ich bereue es nicht!"

Genau in diesem Moment sah er den Falken.

Er kreiste hoch über ihm, aber von Sekunde zu Sekunde flog der Falke tiefer; er hatte ihn entdeckt.

Mutig blickte er ihm entgegen, bereit zu sterben.

Immer näher kam der Falke, der Feldhamster hörte wie seine Flügel die Luft durchschnitten und schließlich seinen Ruf, der ihm allzu vertraut war. In letzter Minute bat er um ein gnädiges Ende; er wusste, dass die Falken ihre Opfer oft augenblicklich mit ihren scharfen Krallen töteten und hoffte, dass es schnell gehen würde.

Wie erwartet ließen die Gewichte an seinen Hinterpfoten nach und gaben ihn frei. In einer letzten Anstrengung, stemmte er sich hoch und wollte

fortrennen.

Doch es war zu spät.

Der Schatten des Falken umhüllte ihn wie eine dunkle Wolke und im nächsten Augenblick spürte er die kalten Krallen, die sich um seinen kleinen Körper schlossen.

***

Kein Flug währt ewig

Der Feldhamster kam erst wieder zu sich, als er in schwindelerregender Höhe die Stimme des Falken vernahm.
„Üble Gesellen sind die Maulwürfe und sie machen sich gerne einen Spaß. Du hast Glück, ich habe bereits gefrühstückt!"
War das ein Traum? War er wirklich noch am Leben? Aber wie lange? Vielleicht war es nur eine Frage der Zeit? Wahrscheinlich überlegte es sich der Falke anders oder ließ ihn einfach los und in die Tiefe fallen!
Er zitterte am ganzen Körper, der Wind sauste um seine Ohren und ihm war kalt. Er wagte nicht, hinabzusehen und hielt die Augen fest verschlossen.
„Dir hat es wohl die Sprache verschlagen? Keine Sorge, ich werde dein Leben verschonen."
„Danke", stammelte der Feldhamster.
„Du brauchst mir nicht danken. Ich tue es, weil ich nicht hungrig bin."
„Aber wohin bringst du mich?", fragte der Feldhamster misstrauisch.
„Irgendwohin, ich werde bald zu einem tieferen Flug ansetzen", erwiderte der Falke.
„Versprichst du mir, mich nicht fallen zu lassen?"
„Warum sollte ich das tun? Ich bin nicht wie die Maulwürfe! Sofern du jedoch nicht herumzappelst!"
Der Feldhamster zögerte einen Moment, bevor er den Falken fragte: „Ist es sehr weit zu den Bergen?"

„Nein, sieh doch! Oder hältst du deine Augen vielleicht geschlossen?"
Da blickte der Feldhamster das erste Mal um sich und was er sah, raubte ihm den Atem und die Sinne.
Diese Welt im Flug zu sehen! Wie oft hatte er sich das gewünscht und voll Verlangen den Erzählungen des Sterns zugehört! Nun flog er mit einem Falken und blickte von oben auf die Schönheit der Erde. Dort unten schien alles winzig und gleichzeitig war die Welt so groß und endlos weit.
Im nächsten Moment schloss er seine Augen erneut, denn es wurde ihm schwindlig.
„Es ist wunderschön", sagte er schließlich überwältigt.
„Was genau meinst du?", fragte der Falke. „Zu fliegen?"
„Nein, das macht mir Angst, denn es entspricht nicht meiner Natur. Aber dieser Anblick - er ist einmalig und übertrifft all meine Erwartungen!"
„Nun ja", meinte der Falke belustigt, „ich habe tatsächlich noch nie einen fliegenden Feldhamster gesehen." Verständnisvoll fügte er hinzu: „Man gewöhnt sich an das Fliegen. Als ich klein war, habe ich mich auch gefürchtet und davor, hinabzustürzen. Aber jetzt ist es umgekehrt. Ich habe Angst, mich eines Tages nicht mehr in die Höhe schwingen zu können und die Welt aus der Luft zu sehen. Denn ich weiß, dass kein Flug ewig währt."
„Könntest du mich zu den Bergen bringen?"
„Wenn du möchtest", erwiderte der Falke.
Der Feldhamster fasste sich ein Herz und öffnete wieder seine Augen - diesmal gab er seinem Schwindelgefühl nicht so schnell nach. Er kam aus dem Staunen nicht mehr heraus und sein Herz hüpfte vor Freude und Auf-

regung zugleich.
Nun hatte er auch Vertrauen zu dem Falken gefasst.
„Bevor ich mich auf die Suche nach meinem Freund gemacht habe, war es einer meiner größten Wünsche, dass ich diese Erde einmal so betrachten könnte", rief der Feldhamster dem Falken durch den um ihn sausenden Wind zu.
„Es ist die Sehnsucht nach der Erfüllung deiner Träume, die deinem Leben Flügel verleiht."
Erstaunt spitzte der Feldhamster die Ohren. Hatte der Falke zu ihm gesprochen? Für einen Augenblick hatte er geglaubt, die Stimme des Sterns zu hören.
„Das stimmt", meinte er.
„Was denn?", fragte der Falke. Doch bevor der Feldhamster etwas erwidern konnte, sprach er weiter: „Wir sind da! Verrate mir, wo ich dich absetzen soll!"
Von der Morgenröte überzogen breitete sich das gewaltige Bergmassiv vor ihnen aus. Der Anblick war so übermächtig, dass sich der Feldhamster kleiner als ein Staubkorn in der Luft fühlte, das im Sonnenlicht tanzte.
Überwältigt blieb er sprachlos und konnte nichts anderes tun, als diese majestätische Schönheit zu bewundern.
‚Was gibt es Schöneres, als diese Erde zu lieben und sie zu bewundern?', dachte er dankbar und mit einem Gefühl in seinem Herzen, welches ihm so mächtig wie die Berge selbst erschien.
Es war ihm, als würde es nur noch diesen unendlichen Raum in ihm und

um sich herum geben.
Wie von weiter Ferne drang die Stimme des Falken zu ihm.
„Nun? Hast du es dir überlegt? Ich habe nicht ewig Zeit! Vielleicht kann ich dir deine Entscheidung erleichtern: Du willst sicher wieder runter ins Tal - also sollte es nicht der höchste Berg sein und genauso wenig ein steiler Felsen, von dem du gleich in die Tiefe stürzt."
„Du hast recht", erwiderte der Feldhamster, dem es schwerfiel, sich aus seinem träumerischen Zustand zu lösen. „Ich überlasse die Entscheidung dir."
„Gut", antwortete der Falke. „Dann musst du jetzt wachsam sein und aufpassen, denn kurz bevor wir einen geeigneten Platz erreichen, werde ich meine Krallen öffnen und dich fallen lassen. Aber hab keine Angst, ich werde so tief wie möglich fliegen."
Das schien dem Feldhamster leichter gesagt als getan, doch er wollte dem Falken weiterhin vertrauen und versuchte die Furcht zu ignorieren, die sich als Kribbeln in seinem Bauch äußerte.
Immer tiefer flog der Falke und schließlich schienen die felsigen Spitzen zum Greifen nah. Er flog an schneebedeckten Hängen vorbei und weiter herab, bis die ersten Bäume sichtbar wurden.
‚Wie soll ich das unbeschadet überstehen? Das ist unmöglich!', dachte der Feldhamster ängstlich.
In diesem Augenblick streifte ihn ein durch die Wolken fallender Sonnenstrahl und bereits im nächsten Moment flog der Falke über einen im Morgenlicht funkelnden Bergsee.

„Du wirst mich doch nicht ins Wasser schmeißen? Ich kann nicht so gut schwimmen!", rief er ihm zu.
„Hab keine Angst, ich lasse dich über der Wiese neben dem See fallen. Gleich ist es soweit, gib acht!"
Der Feldhamster blickte hinab und tatsächlich öffnete der Falke seine Krallen erst, als er ungefähr einen Meter über der Erde schwebte.

Der Aufprall tat weh, aber zu seiner Verwunderung war er weniger schmerzhaft, als sein Fall in die Höhle der Maulwürfe.
Er schüttelte sich und holte tief Luft; er war froh, wieder festen Boden unter den Pfoten zu spüren. Sein ganzer Körper fühlte sich steif und kalt an, was auch von der Anspannung der letzten Stunden kam.
Der Falke landete jetzt neben ihm und zum ersten Mal blickte der Feldhamster in seine funkelnden schwarzen Augen.
„Wie kann ich dir nur danken?", sagte er verlegen. „Du hast mein Leben verschont und durch dich ist einer meiner größten Träume wahr geworden. Niemals hätte ich geglaubt, dass ausgerechnet einer deinesgleichen meinen Traum erfüllt."
„Du brauchst mir nicht danken", erwiderte der Falke schlicht.
„Doch", entgegnete der Feldhamster mit Nachdruck. „Mein Freund, den ich suche, hat einmal gesagt: Der Dank ist die Anerkennung eines Glücks, das dir beschieden ist und je dankbarer du bist, desto mehr wird dir das Glück im Kleinen wie im Großen begegnen. Was vorher selbstverständlich erschien, wird plötzlich zu einem Wunder, das dich glücklich macht. Eine

Blume, die sich sehnsuchtsvoll den Sonnenstrahlen entgegenstreckt, ein Blatt, das im Wind tanzt oder sogar eine kleine Haselnuss. Alles auf dieser Erde trägt das Wunder des Lebens in sich und ist ein Anlass, um Dankbarkeit zu fühlen."

„Auf diese Weise betrachtet stimmt es", meinte der Falke. „Wer ist dieser Freund, den du suchst?"

Der Feldhamster zögerte. Er dachte an den Hasen, der sich über ihn lustig gemacht hatte, aber auch die Eule fiel ihm ein, der es gar nicht seltsam vorgekommen war, dass er nach einem Stern suchte.

„Bist du schon einmal zu den Sternen geflogen?", fragte er leise.

„Nein, mein Freund", antwortete der Falke sanft, „nicht einmal die Adler können so weit fliegen."

Der Feldhamster war ein wenig enttäuscht, aber glücklich darüber, dass ihn der Falke seinen Freund genannt hatte.

Schließlich gab er sich einen Ruck.

„Er ist einer von ihnen. Dort oben, in diesen unermesslichen Weiten, ist sein Zuhause."

Der Falke sagte eine Weile nichts.

„Du glaubst mir nicht, oder?"

„Da täuscht du dich! Aber wie hast du ihn erkannt? Es gibt so viele, die in der Nacht erstrahlen."

Also begann der Feldhamster dem Falken die Geschichte seiner Freundschaft mit dem Stern zu erzählen und wie anders sein Leuchten gewesen war. Was er alles von ihm gelernt hatte und warum er sich schließlich auf die Suche nach ihm gemacht hatte. Der Falke blieb eine ganze Zeit lang stumm, nachdem der Feldhamster am Schluss seiner Erzählung angekommen war.

„Vielleicht zeigt er sich bald wieder", sprach er nach einer Weile, „Bleib heute Nacht hier! In der Höhe und Einsamkeit der Berge ist man den Sternen näher, als an irgendeinem anderen Ort auf der Welt. Wenn du Glück hast, wird es eine wolkenlose Nacht."

„Das werde ich tun", erwiderte der Feldhamster, den auf einmal eine große Müdigkeit nach den Anstrengungen der Nacht und den letzten Stunden überfiel. Er streckte sich und gähnte herzhaft.

„Gib auf dich acht!", sagte der Falke zum Abschied. „Und ich wünsche dir weiterhin Glück auf deiner Reise und bei deiner Suche. Möglicherweise hatte die Eule recht, und dein Freund wollte, dass du dich auf den Weg begibst - wer weiß? Lebe wohl!"

Der Falke spannte seine Flügel und erhob sich in die Lüfte. Für wenige Augenblicke kreiste er über ihm und stieß dann einen Schrei aus, bevor er talabwärts flog.

Dankbar blickte ihm der Feldhamster eine Weile nach, bevor er einen geschützten Platz am Ufer des Sees suchte.

***

Sternenzauber

Als der Feldhamster wieder erwachte, tauchte die Abendsonne den See und die Spitzen der umliegenden Berge gerade in ihr sanftes rötliches Licht. Zwischen ein paar großen Felsbrocken in der Nähe des Ufers hatte er sich eine Kuhle gegraben und war sofort in einen tiefen Schlaf gefallen. Bunt waren seine Träume gewesen und unruhig mit den überstandenen Schrecken der letzten Etappen seiner Reise.

Nun saß er auf einem der Felsbrocken und blickte versonnen in das glitzernde Wasser und auf die Berge, die den kleinen See wie schützende Riesen aus Stein umgaben. Aus seinen Backentaschen holte er ein paar Samen und Bucheckern hervor, die er gestern im Wald gesammelt hatte. Er hatte mächtigen Hunger und sie schmeckten köstlich. Dabei blickte er immer wieder achtsam um sich, ob irgendwo ein vermeintlicher Angreifer lauerte.

Hatte er wirklich erst vor ein paar Tagen sein vertrautes Zuhause verlassen? Eine lange Zeit schien vergangen, seit er nachts auf seinem Stein gesessen und jedes Mal in der Morgendämmerung in seine Erdhöhle zurückgekehrt war. Wie viel war seit jenen allerersten Frühlingstagen geschehen!

„Wir sind Reisende im unermesslichen Raum der Zeit. Niemandem ist Unendlichkeit beschieden, nicht einmal uns Sternen, denn Leben bedeutet Wandel", hatte ihm sein Freund eines Nachts auf die Frage erwidert, warum jedes Wesen sterben musste. „Nichts und niemand kann dem Schmerz der

Vergänglichkeit entfliehen. Doch es gibt etwas, das besteht und niemals vergeht: Es ist ein Licht, das aus einer Welt jenseits der Sterne kommt und ohne Namen ist. Kein Anfang und auch kein Ende ist ihm beschieden. Es ist das Licht der Ewigkeit, mit dem alles beginnt und zu dem alles zurückkehrt. Der Tod lässt nur die Form zurück, sie zerfällt, wird eins mit der Erde und daraus erwächst Neues."
Nachdenklich blickte der Feldhamster in den dunkler werdenden Himmel. ‚Ob das wirklich so ist?', überlegte er. „Es wäre tröstend, wenn der Tod nur ein scheinbares Ende ist."

Ein paar Wolken trieben jetzt ihr tanzendes Spiel im aufkommenden Wind und witternd hob der Feldhamster seine Schnauze empor.
Es roch nach Sommer! Der Wind war mild und trug die Verheißung langer Tage und kurzer Nächte in sich.
Wie kleine Lichtfunken, die eine unsichtbare Kraft entzündet hatte, begannen die Sterne allmählich am Abendhimmel zu leuchten. Immer mehr wurden es und als das sanfte Licht der Dämmerung schließlich entschwand, blickte der Feldhamster wie verzaubert in die unendlichen Weiten des Firmaments.
Den Sternen so nahe zu sein! Und den seinen vielleicht endlich wiederzufinden!
Hoffnung erfüllte sein banges Herz. Sein Freund musste ihn doch sehen! Bestimmt würde er ihm bald zublinken, wie er das immer getan hatte. Jetzt, wo er wusste, dass er auf der Reise war.

‚Wahrscheinlich hat die Eule recht und der Stern wollte nur, dass ich mir einen Ruck gebe und aufbreche.'

Erwartungsvoll saß der Feldhamster auf dem Felsbrocken. Die Stille um ihn herum war so gewaltig, dass er sich bald wie ein Teil von ihr fühlte. Nur hin und wieder hörte er ein Geräusch aus dem See - er wusste nicht, was es war, aber er erinnerte sich an die Erzählungen des Sterns über die fabelhaften Wesen, die im Wasser wohnten.
Der Himmel war nun vollkommen dunkel und die Sterne leuchteten und funkelten so unzählig, dass der Feldhamster aus seinem Staunen nicht mehr herauskam.
„Es sind viel mehr, als ich jemals gesehen habe", flüsterte er überwältigt. „Und dort, was ist das? Es scheint ein Weg aus Sternen zu sein! Führt er vielleicht zu der Welt jenseits der Sterne?"
Sein Freund hatte ihm viel über die Sterne erzählt. Es gab so viele, dass es unmöglich war, sie zu zählen und jeder unter ihnen war einzigartig, wie auch jedes Wesen auf der Erde. Er hatte ihm gesagt, dass sie sich in bestimmten Formationen zusammenschlossen, denen eine geheimnisvolle Bedeutung innewohnte und dass auch die Sterne untereinander Freundschaften schlossen. Manche Sterne schienen allein und weiter von den anderen entfernt - ihnen war ein einsameres Schicksal beschieden. Doch jeder Stern wusste, dass er Teil einer großen Gemeinschaft war und genauso wichtig wie jeder andere.
Vor lauter Freude und Staunen über diese grenzenlose Pracht, vergaß der

Feldhamster auf das Blinken seines Freundes zu warten. Er hatte nur noch Augen für diese Schönheit, die ihn umgab und die unendlich scheinenden Weiten des über ihm leuchtenden Himmels - er vergaß die Zeit und alles um sich herum; er fühlte sich eins mit der Grenzenlosigkeit des Seins. Sternschnuppen sausten in rasender Geschwindigkeit hinab und verschwanden hinter dunklen Bergwänden. Bald fiel das Mondlicht in sattem Glanz auf den schlummernden See und tauchte ihn in ein mystisches Licht aus sanftem Gold.

Und irgendwann, tief in der Nacht und wie aus weiter Ferne, hörte er eine sanfte Stimme:

„Alles, was du siehst, ist ein Traum, der auf wundersame Weise zur Wirklichkeit geworden ist. Das größte Geheimnis ist jenes der Schöpfung. Niemand kann es ergründen, doch jeder kann diesen sichtbar gewordenen Traum bewundern und lieben."

Der Feldhamster spitzte die Ohren. Woher war diese Stimme gekommen? War es die Stimme des Sterns gewesen? All die Sterne strahlten und funkelten um die Wette, aber so sehr er angestrengt in den Himmel starrte - keiner blinkte oder zwinkerte ihm zu.

Doch der Feldhamster war mit so viel Dankbarkeit über die Schönheit des Himmelszaubers und der Welt erfüllt, dass es ihn nicht betrübte. Er war auf einmal voller Zuversicht und Vertrauen, dass er seinen Freund eines Tages wiederfinden würde.

***

Erfüllung

Am späten Morgen verließ der Feldhamster jenen Ort, an dem er eine Nacht verbracht hatte, die er niemals vergessen würde. Er verabschiedete sich von den schützenden Felsbrocken und sein Herz war mit Dankbarkeit erfüllt.
‚Es ist Zeit, heimzukehren.' Mit diesem Gedanken war er aufgewacht. Er wusste nicht, warum er bereits an den Heimweg denken sollte, aber sein Gefühl sagte ihm, dass es die richtige Entscheidung war. Seine Reise würde ja andauern, denn der Weg nach Hause war weit.

Geschwind und immer wieder zum Himmel blickend, lief er an das Ende des Sees, auf dessen Wasseroberfläche sich ein paar Wolken spiegelten. Vor den Adlern müsse er sich hüten, hatte ihm der Falke noch zugerufen. So ungeschützt in dieser Umgebung und um diese Zeit, wäre er eine leichte Beute für sie gewesen.
‚Noch niemals bin ich einem von ihnen begegnet - zum Glück! Sonst wäre ich jetzt nicht hier', dachte er, während er außer Atem ein sanft herabfallendes Waldstück erreichte. Unter einer Tanne mit ausladenden Zweigen hielt er inne und schnappte nach Luft, so schnell war er gelaufen.
Sehnsuchtsvoll blickte er noch einmal zurück. Wie wunderschön dieser Ort war! Die Spitzen der Berge waren mit Schnee bedeckt und auch an vielen Stellen rund um den See war der weiße Zauber noch nicht verschwunden. Doch das satte Grün des Frühlings war bereits auf dem Vormarsch und

verkündete das Werden und Blühen im Kreislauf der Natur.

Plötzlich begann sich sein Fell zu sträuben und er duckte sich instinktiv. Hatte er ihn entdeckt? Aber nein, das konnte nicht sein!

Regungslos beobachtete er das wundersame Wesen, das hoch über dem Bergsee schwebte und in großen Kreisen langsam tiefer flog.

Sein Instinkt riet ihm, tief in den schützenden Wald zu laufen, doch er war so fasziniert von dem majestätischen Flug des Adlers, dass er nicht anders konnte, als bewegungslos zu verharren und ehrfurchtsvoll das stolzeste und mächtigste Geschöpf der Lüfte zu betrachten.

Er hatte nichts zu befürchten, denn nach kurzer Zeit begann der Adler wieder aufwärtszusteigen und flog nach rechts auf den Gipfel eines Berges zu. Erst jetzt bemerkte der Feldhamster, dass jede Faser seines Körpers angespannt war.

‚Welch ein Glück', dachte er. ‚Wäre ich nur wenige Augenblicke später aufgebrochen, hätte er mich wahrscheinlich entdeckt.'

Erleichtert machte er sich talabwärts auf den Weg durch den Wald.

Das Bild des Adlers ließ ihn nicht los. Er verkörperte für den Feldhamster all das, von dem er meinte, dass es ihm fehlen würde oder was er sich gewünscht hätte. Der Adler konnte fliegen, wohin er wollte und diese Welt immer von oben bewundern. Er besaß Mut, Selbstvertrauen, Stärke und Ausdauer.

Plötzlich blieb er wie angewurzelt vor einem schmalen Bach stehen, der sich wie viele andere kleinere oder größere Rinnsale seinen Weg durch das schlammige Erdreich bahnte und den geschmolzenen Schnee des Winters in die Täler trug.

‚Anstatt mich weiterhin zu vergleichen oder mit anderen zu messen, sollte ich dankbar und zufrieden sein. Ich durfte mit einem Falken durch die Lüfte fliegen! Ich bin meiner Sehnsucht gefolgt und habe dem Brennen meiner Seele vertraut. Ich war mutig und bin nicht verzagt, als ich in die Gefangenschaft der Maulwürfe geriet. Ich habe einen weiten Weg zurückgelegt und Stärke und Ausdauer bewiesen. Und als ich dachte, mein Weg sei zu Ende, habe ich meinem Schicksal mutig entgegengesehen.'

Der Feldhamster erinnerte sich an die Weisheit der Tanne, dass groß oder klein nur relative Begriffe waren und es auf die Betrachtungsweise ankam. *‚Jedem ist das Seine beschieden'*, hatte sie gesagt. Und der Stern hatte ihm immer wieder eingeprägt, sich nicht zu messen oder zu vergleichen.

Er beobachtete einen Hirschkäfer, der sich hartnäckig seinen Weg über kleine Steine und durch die nasse Erde bahnte. ‚Für ihn bin ich groß und aus meiner Sicht ist er klein. Doch was heißt das schon? Er hat seinen Platz in der Natur, wie auch ich oder der Adler.'

‚Wie recht mein Freund und die Tanne haben', dachte er und fühlte sich plötzlich unbändig stark und frei.

Übermütig ließ er sich in das eiskalte Wasser des seichten Baches fallen - etwas, das eigentlich nicht seiner Natur entsprach. Er prustete und schüttelte sich, aber ach, es tat so gut! Ein paar Sonnenstrahlen fielen herab und verträumt saß der Feldhamster eine Weile auf der anderen Seite. Das Sonnenlicht wärmte ihn und er fühlte einen tiefen Frieden in sich. Mit allen Sinnen nahm er die Schönheit der Natur wahr, versank in sie und wurde eins mit ihr.

Und mit einem Mal wurde ihm klar, dass er längst seine Bestimmung gefunden hatte - jene, die über seine naturgegebene hinausging und die bereits lange in seinem Herzen schlummerte. Schon während des Fluges mit dem Falken hatte er es gespürt, doch seit der letzten Nacht *wusste* er es: Die Schönheit dieser Erde mit Liebe und Hingabe zu bewundern und sich daran zu freuen - das war es, was ihn mit Glück erfüllte.

***

Demut

Fast zwei Tage dauerte seine Wanderung hinab in die Ebene und wie zu Beginn seiner Reise, war er tagsüber gelaufen und hatte nachts gut geschützte Plätze zum Schlafen gesucht.
Unbeschwert hatte der Feldhamster seinen Weg talabwärts fortgesetzt und die Frühlingssonne war dabei sein ständiger Begleiter. Keine Wolken trübten den Himmel, er strahlte die ganze Zeit über in einem weichen, hellen Blau. Auch die Vögel schwirrten fröhlich herum und genossen die sonnigen Frühlingstage. In den Wäldern herrschte emsiges Treiben, viele Tiere waren aus ihrem Winterschlaf erwacht und machten sich hungrig auf den Weg nach Nahrung.
Hin und wieder erbeutete der Feldhamster in der feuchten Erde ein paar Maden, um sich zu stärken. Auf den tiefer gelegenen Almwiesen fand er Klee im Überfluss - er verspeiste ihn nur allzu gerne und schmeckte köstlich. Aber er war vorsichtig und hielt sich immer nur am Rande der Wiesen auf, jederzeit zum Sprung bereit, um sich im schützenden Wald zu verstecken. Den Anblick des Adlers und die Warnung des Falken hatte er nicht vergessen.
Das Leben war verheißungsvoll, die Schönheit der Bergwelt hielt ihn mit ihrem Zauber gefangen und je tiefer er kam, desto häufiger blickte er zurück und hinauf zu den Gipfeln der Berge. ‚Wie nahe ich ihnen war', staunte er dann immer wieder.
Und als er schon fast im Tal angekommen war, schienen sie unerreichbar

und er konnte kaum glauben, wie hoch er mit dem Falken vor drei Tagen geflogen war.

In den frühen Morgenstunden war er entlang eines beständig stärker gewordenen Bergbachs gelaufen, der immer wieder als sprudelnder Wasserfall an steilen Hängen hinabstürzte. Als der Boden ebenerdig wurde, begann er gemächlich und ruhig dahinzufließen.
Der Feldhamster beschloss, dem Fluss eine Weile zu folgen, und dann seinem Instinkt zu vertrauen, in welche Richtung er laufen sollte, um wieder in seine Heimat zu gelangen.
Plötzlich hielt er inne.
Etwas hatte seinen Blick gestreift und der Feldhamster erschrak zutiefst.
Ein paar Meter vor ihm lag ein kleiner Fuchs, aber er bewegte sich nicht. Füchse gehörten zu seinen gefährlichsten Feinden, immer wieder hatte er sie im Wald gewittert und sogleich einen großen Bogen geschlagen.
Wie angewurzelt und mit gesträubtem Fell rührte er sich nicht von der Stelle.
Hatte ihn der Fuchs gesehen?
Wenn er jetzt losrannte, bedeutete das sein sicheres Ende, denn dieser Feind war ihm an Schnelligkeit überlegen. Vorsichtig blickte er um sich, doch nirgendwo war ein schützendes Versteck in Sicht, kein schützender Stein oder eine Vertiefung in der Erde.
Wie ein Gespenst kroch die Furcht in ihm hoch und ergriff von ihm Besitz. Die Zeit verging zäh und langsam, doch nichts geschah. Der kleine Fuchs

blieb regungslos liegen und der Feldhamster begann zu überlegen, ob er vielleicht schlief und er sich vorsichtig davonstehlen sollte.
Plötzlich hörte er das Rufen der Krähen und blickte zum Himmel. Zwei waren es und sie schienen unschlüssig, ob sie hinabfliegen sollten. Da wusste der Feldhamster mit einem Mal, dass der Fuchs nicht schlief, sondern tot war.

Vorsichtig lief er zu ihm hin. Es war jung und lag ausgestreckt im kühlen Gras. Seine Augen waren weit aufgerissen und schienen in unergründliche Fernen zu schauen, doch das Licht des Lebens war aus ihnen entschwunden.
Mitleid und Trauer überfielen den Feldhamster im Angesicht des Todes. Wie versteinert blieb er einige Augenblicke vor dem Fuchs stehen, wissend, dass er schnell weiterlaufen sollte, um die Krähen nicht zu verärgern. Doch der Anblick hielt ihn in seinem Bann und plötzlich verstand er, was der Stern über den Tod und die Form, die er zurückließ, gesagt hatte. Der Lebensfunke war aus dem kleinen Fuchs entwichen und in das namenlose Licht der Ewigkeit zurückgekehrt. Zurück blieb eine leere Hülle - das, was sie lebendig erhalten hatte, war entwichen.
Demut vor dem Leben und dem Tod erfüllte ihn ebenso wie Ehrfurcht vor dieser geheimnisvollen Kraft, die alles Leben schenkte und genauso wieder nahm.
„Lasse die Demut in dein Herz und Großes wird dir zuteilwerden", hatte der Stern einmal gesagt. „Demut ist wichtig - dennoch sollst du an deine

Stärken glauben. Sie hat etwas mit Vertrauen zu tun."
Mit einem Gefühl der Trauer für den kleinen Fuchs lief er weiter. Eigentlich war diese Art ein Feind, aber er tat ihm trotzdem leid. ‚Er war so jung', dachte er bei sich. ‚Kein Sommer war ihm beschieden gewesen. Warum reißt der Tod dieses kurze Leben an sich?'
Da verstand der Feldhamster, dass manche Fragen ohne Antworten blieben.
In der ersten Nacht hatte er den Stern gefragt, ob er alles wüsste. Sein Freund hatte dies verneint und erwidert, dass er auf bestimmte Fragen nur selbst eine Antwort finden konnte.
Und jetzt erkannte der Feldhamster, dass es Fragen gab, die unbeantwortet und geheimnisvoll blieben. Sie waren unerreichbar, wie die eisigen Spitzen der Berge oder die unergründlichsten Tiefen der Meere, von denen ihm der Stern erzählt hatte.
„Jetzt verstehe ich, was du gemeint hast", sagte der Feldhamster leise.

***

Freude

Es war spät am Nachmittag und eine Zeit lang her, seit der Fluss in einen größeren Strom gemündet war.
Der Feldhamster rastete und staunte über die geballte und mächtige Kraft des Wassers. Eine ganze Weile betrachtete er fasziniert die Strömung, die sich in der Ferne in flachem Land verlor.
‚Ich muss mir langsam einen geeigneten Platz für die Nacht suchen', dachte er schließlich. ‚Und morgen werde ich eine andere Richtung einschlagen, denn der Weg an diesem Fluss entlang führt mich nicht nach Hause.'
Auf der gegenüberliegenden Seite begann ein großes Waldgebiet, das im Westen lag. Noch stand die Sonne über den Bäumen, aber sie würde bald herabsinken und hinter dem Wald verschwinden.

Sein Instinkt riet ihm, den Weg in westlicher Richtung fortzusetzen. Aber wie konnte er an das andere Ufer gelangen, wie sollte er das schaffen? Das Schwimmen lag ihm nicht sonderlich, auch wenn er nicht unterging. Doch dieser Fluss war viel zu breit, als dass er ihn hätte durchschwimmen können und vor allem würde ihn die Strömung sogleich mit sich fortreißen.
So sehr er auch überlegte, es fiel ihm keine andere Lösung ein, als zu der Stelle zurückzukehren, an der er den kleineren Fluss ohne Weiteres durchqueren konnte.
Auf einmal bemerkte er eine Bewegung im Wasser. Gleich darauf hörte er lautes Platschen und erblickte ein ihm völlig unbekanntes Wesen.

Zunächst sah er nur eine breite, flache Rundung und dann einen behäbigen Körper mit dickem braunem Fell durch das Wasser schimmern. Dieses seltsame Tier hielt einen Ast in seinem Maul und schwamm zu einer Stelle am gegenüberliegenden Flussufer, an der bereits alles mögliche an Holz auf einem unordentlichen Haufen zusammenlag.

‚Was tut dieses Tier dort?‘, überlegte er neugierig. ‚Ich werde einfach fragen und versuchen, seine Bekanntschaft zu machen.‘

Behutsam krabbelte er das ziemlich steil herabfallende Ufer hinunter und rutschte dabei die letzten Meter hinab.

Jetzt konnte es der Feldhamster nicht mehr sehen. War es untergetaucht? Unschlüssig wartete er am Rande des Flusses. Vielleicht kam dieses Wesen gar nicht mehr hierher zurück?

Doch plötzlich sah er, wie etwas erneut durch den Fluss schwamm, dann wieder eine Rundung und schließlich tauchte dieses merkwürdige Tier geradewegs vor ihm aus den Fluten auf und sah ihn erst einmal verdutzt an.

Schnaufend zog es sich aus dem Wasser ans Ufer und schüttelte sich kräftig. Der Feldhamster sprang zur Seite, doch es war zu spät und ein heftiger Sprühregen breitete sich über ihm aus. Er tat es ihm gleich und begann sich zu schütteln. Ein unfreiwillig nasses Fell behagte ihm nicht sonderlich.

„Ich wollte dich fragen, wer du bist und was du dort drüben machst? Ich kenne deine Art nicht und habe dich zufällig gesehen", sagte er, während er sich mit seinen Pfoten über das Fell strich.

„Ich bin ein Biber und das Wasser ist mein Element, aber das erklärt sich ja von selbst! Gerade baue ich mir ein neues Heim auf der anderen Seite des Flusses", antwortete er und betrachtete den Feldhamster mit prüfendem, aber freundlichem Blick.

„Und wer bist du?"

„Ich bin ein Feldhamster. Du kennst meine Art also auch nicht?"

„Nein, denn wie dein Name schon sagt, ist dein Zuhause in den Feldern und nicht im Wasser, also laufen wir uns für gewöhnlich eher nicht über den Weg. Aber was tust du hier?"

„Ach", meinte der Feldhamster zögerlich, „das ist ... eine lange Geschichte. Jedenfalls kehre ich zurück nach Hause, aber ich muss nach Westen und den Fluss überqueren. Ich bin jedoch kein guter Schwimmer und die Strömung würde mich fortreißen. Also habe ich mir überlegt, umzukehren und es weiter hinten zu versuchen, wo es einen kleineren Fluss gibt. Dann habe ich dich gesehen und bin neugierig geworden."

„Ein Feldhamster, der auf der Reise ist und neugierig - das ist sympathisch!", sagte er schmunzelnd. „Seid ihr alle so?"

„Nein", erwiderte der Feldhamster und musste lächeln. „eigentlich nicht."

„Ich baue mir öfters ein neues Zuhause oder Dämme. Das Bauen ist meine Leidenschaft und macht mir Spaß. Man kommt auch gar nicht darum herum, denn manchmal wird eine Biberburg von einem Sturm oder reißenden Fluten zerstört. Aber was wäre das Leben, wenn man nichts zu tun hätte? Ich liege gerne auf der faulen Haut, aber jeder braucht Aufgaben, sonst wäre es zu langweilig."

„Das stimmt!", erwiderte der Feldhamster. Sehnsüchtig dachte er auf einmal daran, dass es schön wäre, sich wieder einen neuen Bau zu graben. Wahrscheinlich würde er das auch tun müssen, sofern es ihm wirklich gelang, zurückzukehren. Seit er bergab gewandert war, überfielen ihn immer wieder Zweifel, ob er es schaffen würde, sein Weizenfeld wiederzufinden.

„Du siehst plötzlich nachdenklich und ein wenig traurig aus - wieso?", fragte der Biber.
„Ich habe eine lange Reise hinter mir", antwortete der Feldhamster. „Und je mehr Zeit vergeht, desto stärker wird die Sehnsucht nach meinem Zuhause", fügte er leise und wehmütig hinzu.
„Eine Heimat zu haben, ist wichtig. Für mich ist es dieser Fluss hier. Sag mal, bist du denn sicher, dass du nach Westen musst, auf die gegenüberliegende Seite des Flusses? Vielleicht kann ich dir helfen! Du setzt dich auf meinen Rücken und ich bringe dich zum anderen Ufer. Dann musst du nicht ein ganzes Stück zurücklaufen."
„Das würdest du tun?", fragte der Feldhamster.
„Warum denn nicht?", erwiderte der Biber und zwinkerte mit seinen kleinen Augen. „Was wäre das Leben, wenn man sich nicht gegenseitig ein wenig behilflich ist? Da würde doch etwas fehlen!"
Der Feldhamster blickte ihn dankbar an. Dieser Biber war wirklich ein freundlicher Geselle.
„Komm, hoch mit dir! Aber halte dich gut fest!", forderte er ihn auf.

„Meinst du, das geht gut?", fragte der Feldhamster misstrauisch. Was, wenn er sich nicht halten konnte und mit der Strömung fortgetrieben wurde? Er würde versinken und … sterben.
Der Biber schien ihm seine düsteren Gedanken anzusehen und meinte: „Keine Sorge, ich werde nicht untertauchen und vorsichtig schwimmen. Ich kenne meinen Fluss! Die Strömung ist heute nicht allzu stark und solltest du wirklich abrutschen, werde ich gleich hinterher schwimmen und dich retten." Das sagte er mit so viel Zuversicht, dass der Feldhamster Vertrauen fasste und auf seinen Rücken krabbelte.
„Siehst du, das erste Hindernis ist schon überwunden", sprach er aufmunternd, nachdem der Feldhamster etwas unbeholfen zwischen seinen Schultern lag und seine kleinen Pfoten ängstlich in das dicke Fell des Bibers krallte. „Das Leben gleicht eben nicht immer einem ruhigen Fluss, sondern ist oft stürmisch und unbequem. Und jeder ist ein Held, der sich seinen Herausforderungen stellt!", setzte er lachend hinzu.
Ehe sich der Feldhamster versah, glitt der Biber in das kühle Nass.

Er hielt sein Versprechen und durchquerte den Fluss bis zu seiner Mitte, ohne abzutauchen. Trotzdem wurde der Feldhamster natürlich nass, aber er fühlte sich sicher auf dem Rücken seines neu gewonnenen Freundes und schon nach wenigen Augenblicken begann ihm dieses kleine Abenteuer Spaß zu machen.
‚Auf dem Rücken eines Bibers durch einen großen Fluss zu schwimmen ist fast so aufregend, wie der Flug mit einem Falken', dachte er freudig.

„Ich hätte nicht gedacht, dass es so angenehm sein kann, durch die Fluten zu treiben", rief er dem Biber zu.
„Es gefällt dir also?", prustete der Biber. „Hältst du dich gut fest? Komm, wir tauchen mal kurz unter! Du musst nur für einen Moment die Luft anhalten!"
„Was? Aber nein …", protestierte der Feldhamster.
„Vertrau mir!", erwiderte der Biber und wuchtete sich mit seiner Schwanzflosse hinab.
Der Feldhamster hielt tapfer die Luft an und öffnete für einige Sekunden die Augen. Allerdings konnte er nicht viel erkennen, denn das Wasser war durch die Strömung sehr trüb. Aber es war ein seltsames und gar nicht unangenehmes Gefühl, ganz in dieses Element einzutauchen.
„Und?", meinte der Biber, „wie findest du es?"
„Ein wenig merkwürdig, aber irgendwie auch schön", keuchte der Feldhamster. Die Luft anzuhalten, war er gar nicht gewohnt.
„Dann probieren wir es gleich noch einmal", rief der Biber lachend.

Als sie nach kurzer Zeit auf die andere Seite des Flusses gelangten, sprang der Feldhamster schnaufend vom Rücken des Bibers und war froh, wieder festen Boden unter seinen Pfoten zu haben.
„Das war ein lustiges Abenteuer", rief er und schüttelte sich kräftig.
Dann strich er sich mit schnellen Bewegungen immer wieder über sein Fell. Es wurde langsam kühl, denn die Sonne war bereits hinter den Bäumen des Waldgebietes verschwunden.

„Nicht wahr? Das Wasser ist wunderbar! Und hier", sagte der Biber und deutete dabei mit der rechten Pfote auf seine Burg, „ist mein neues Heim. Es ist aber noch nicht fertig und um es von innen zu sehen, müsstest du erneut hinabtauchen."
„Dein Zuhause ist eindrucksvoll", meinte der Feldhamster höflich. Irgendwie hatte es für ihn immer noch den Anschein eines unordentlichen Holzhaufens, aber er konnte ja die Baukunst des Bibers schlecht beurteilen.
„Es ist freundlich von dir, dass du es mir zeigen willst, doch ich muss weiter und mir einen geschützten Platz für die Nacht suchen! Ich danke dir so sehr für deine Hilfe und es hat mir Spaß gemacht, durch den Fluss zu gleiten."
„Gern geschehen", erwiderte der Biber freundlich. „Ich habe mich gefreut, dich kennenzulernen. Vergiss nie, dass bei allem, was dich vielleicht betrübt, die Freude und der Spaß nicht fehlen sollten. Irgendwo sind sie immer zu finden und ein paar heitere Seiten kann man dem Leben durchaus abgewinnen", sagte er aufmunternd und wieder überzog ein breites Schmunzeln sein liebenswürdiges Gesicht.
Der Feldhamster lächelte dankbar.
„Ich werde mir diesen guten Rat zu Herzen nehmen und dich nicht vergessen. Auf Wiedersehen!"
„Viel Glück auf deinem Weg nach Hause. Du schaffst das!", rief ihm der Biber überzeugt nach.

***

„Für uns bist du ein Held!"

Es war bereits dunkel im Wald, als der Feldhamster einen geeigneten Unterschlupf fand. Unter dem Stamm einer Eiche hatte er eine Vertiefung entdeckt, die ihm guten Schutz bot und unbewohnt war. Erleichtert kroch er hinein und scharrte ein wenig Laub vor die Öffnung.
Bevor er einschlief, dachte er über all das nach, was ihm der Biber in seiner heiteren Art gesagt hatte. Er schien in allen Lebenslagen so voller Vertrauen, Zuversicht und Freude.
„Danke", sagte er leise.
Wieder verspürte er eine starke Sehnsucht danach, heimzukehren. Kurz bevor ihm vor Erschöpfung die Augen zufielen, erinnerte er sich an einen Satz des Sterns. „Denke stets an die Kraft in dir, die auch durch alles fließt, was dich umgibt. Wenn du an sie glaubst, wird sie dich über viele Hindernisse deines Lebens tragen."

Das Geräusch herabfallender Regentropfen weckte den Feldhamster am nächsten Morgen bereits sehr früh. Er hatte tief geschlafen und fühlte sich gestärkt und ausgeruht. Nachdem er sich geputzt und die letzten Vorräte aus seinen Backentaschen verspeist hatte, steckte er seine kleine Schnauze aus dem nächtlichen Schlupfloch.
‚Schade, dass die Sonne nicht scheint', dachte er. ‚Aber solange ich durch den Wald laufe, kann ich zumindest nicht so nass werden.'
Am frühen Nachmittag erreichte er das Ende des Waldgebietes und sein

Blick glitt nachdenklich über die Wiesen und Felder, die sich vor ihm erstreckten. Es hatte aufgehört zu regnen und ab und zu blinzelte schon der Himmel in seinem freundlichen Blau durch die Wolken.
In welche Richtung sollte er laufen?
Der Feldhamster sprang ein Stück weit in die Wiese hinein und blickte dann zum Wald zurück. „Ich bin auf dem richtigen Weg!", rief er plötzlich freudig. Über den Baumspitzen sah er in der Ferne die Umrisse der Berge. Sie schienen unendlich weit weg und er konnte es gar nicht mehr fassen, dass er vor ein paar Tagen dort oben gewesen war.
Übermütig lief er weiter durch die feuchte Wiese - dass sein Fell dabei erneut nass wurde, bemerkte er kaum, so groß war sein Glück darüber, wieder auf dem Weg nach Hause zu sein. Schließlich brach die Sonne durch die Wolken und überzog alles mit ihren wärmenden Strahlen. Schmetterlinge tanzten an seiner Seite, Bienen flogen von einer Kleeblüte zur nächsten und alle möglichen Arten von Käfern schwirrten emsig in der Frühlingssonne umher.
„Das Glück ist an der Seite der vertrauensvollen Herzen."
Überrascht stoppte der Feldhamster seinen ungestümen Lauf. Verwundert blickte er um sich, doch es war niemand zu sehen.
Von wem waren diese Worte gekommen? Hatte er sich an einen Satz des Sterns erinnert? Aber es schien ihm gerade so, als hätte er zu ihm gesprochen.
„Bist du es?", fragte er hoffnungsvoll und sah hoch zum Himmel. Aber nein, dort waren ja keine Sterne zu sehen!

‚Immer wieder habe ich im Laufe der Reise gemeint, die Stimme meines Freundes zu hören', überlegte er. ‚Wie kann das sein? Wahrscheinlich ist es nur mein großer Wunsch, ihn wiederzusehen, der mich das glauben lässt und ich bilde es mir ein.'

Viele Stunden lief er über Wiesen und Felder und als er wieder einmal rastete, um sich mit frischen Kräutern zu stärken, hörte er plötzlich ein Rascheln dicht hinter sich und erschrak. Er wollte sich gerade umdrehen, als ein junger Frosch mit einem großen Satz neben ihm landete.
„Hast du Lust auf ein kleines Wetthüpfen?", fragte der Frosch ohne Umschweife oder weitere Höflichkeitsfloskeln zu verlieren.
Dem Feldhamster fiel ein Stein vom Herzen, denn er hatte einen Angreifer vermutet.
Lächelnd sagte er: „Warum nicht? Einfach so, zum Spaß?"
„Was denn sonst?", meinte der Frosch. „Das Leben soll doch Spaß machen!"
„Da stimme ich dir zu!", lachte der Feldhamster und flitzte übermütig los. Im nächsten Moment war der Frosch schon an seiner Seite. Voller Elan rannte der Feldhamster weiter, doch der Frosch war ihm mit seinen großen Sprüngen bald um Einiges voraus. Aber das war ihm einerlei - der Stern hatte recht gehabt: Es ging nicht darum, wer der Schnellere war, sondern um den Spaß und die Freude, durch das Leben zu flitzen.

„Warte", rief er dem Frosch schließlich schnaufend hinterher.

Mit ein paar Sätzen hüpfte der Frosch zurück.

„Du bist schon außer Puste?", fragte er frech.

„Ja", erwiderte der Feldhamster. „Ich habe heute bereits eine weite Strecke zurückgelegt und nun beginnt die Abenddämmerung. Ich muss einen geschützten Platz für die Nacht suchen."

„Komm einfach mit mir, ich werde auch langsam hüpfen!", meinte der Frosch und zwinkerte mit den Augen. „Siehst du das Waldstück, da drüben links? Dort liegt mein Zuhause, gemeinsam mit anderen Fröschen."

Dankbar nahm der Feldhamster sein Angebot an und zusammen erreichten sie nach einer kurzen Weile den Rand des kleinen Waldes. In seiner Mitte gab es einen Tümpel, der malerisch von mächtigen Eichenbäumen umgeben lag. Viele Frösche hatten sich hier bereits versammelt und begrüßten den jungen Frosch lauthals.

„Es ist gefährlich um diese Zeit da draußen herumzuhüpfen", bemerkte ein älterer Frosch vorwurfsvoll.

„Ich weiß", antwortete der Jüngere schuldbewusst, „aber die Sonne strahlte endlich wieder und es war so schön im kühlen Gras."

„Ach ja, die ungestüme und unvernünftige Jugend", sagte ein anderer Frosch nachsichtig. „Und wieso bist du in Begleitung eines Feldhamsters?"

„Wir sind zum Spaß um die Wette gelaufen", erwiderte der junge Frosch. „Es war lustig, stimmt's?", fügte er hinzu und blickte den Feldhamster dabei verschmitzt an.

Der war nun ein wenig betreten und fühlte sich als Eindringling. „Ich bin auf der Suche nach einem Platz für die Nacht. Ich habe einen langen Weg hinter mir und kehre zurück nach Hause", sprach er zu dem Frosch gewandt, der die Frage gestellt hatte. „Ich möchte eure Gemeinschaft jedoch nicht stören!"

„Aber nein! Wir Frösche sind gesellig. Wieso bist du auf der Reise - das ist unüblich für deine Art oder täusche ich mich?"

„Nein, du irrst dich nicht", erwiderte der Feldhamster und zögerte einen Augenblick, ob er von seiner Suche nach dem verschwundenen Stern erzählen sollte. Aber dann gab er sich einen Ruck; die Frösche blickten ihn alle erwartungsvoll und freundlich an, weshalb sollte er ihnen nicht von seiner Reise berichten?

Also begann er zu erzählen und die Frösche staunten nicht schlecht und hörten gebannt zu. Als er seine Begegnung mit den Maulwürfen und dem Falken schilderte, quakten alle laut und aufgeregt durcheinander.

„Du bist weit gereist und hast Abenteuerliches erlebt", meinte ein älterer Frosch, nachdem der Feldhamster mit seiner Erzählung geendet hatte und es schon spät in der Nacht war. „Wir danken dir, dass du deine Erlebnisse mit uns geteilt hast. Für uns bist du ein Held, nicht wahr?", fragte er in die Runde.

Die anderen Frösche nickten oder quakten zustimmend.

„Ich danke euch", erwiderte der Feldhamster verlegen, doch die anerkennenden Worte taten ihm gut. Im Stillen dachte er an die anderen Feldhamster, die ihn immer verspottet hatten. Würden sie das auch noch tun, wenn er nach Hause kehrte?

Er gähnte und streckte sich ausgiebig. „Ich muss mich jetzt schlafen legen, ich habe morgen wieder einen weiten Weg vor mir", sagte er. „Ist das ein sicherer Platz hier oder gibt es viele Tiere, die nachts auf Jagd gehen?"
„Sei unbesorgt", meinte einer der Frösche. „Dieser Wald ist sehr klein, und soweit wir wissen, wohnen gerade keine Füchse oder Marder hier. Außerdem sind wir noch lange wach und würden dich wecken, wenn dir oder uns Gefahr droht."
Dankbar grub sich der Feldhamster zwischen den dicken Wurzeln einer Eiche eine kleine Kuhle.
Das gleichmäßige Quaken der Frösche ließ ihn rasch in einen tiefen Schlummer fallen.

***

Ein weiter Weg

Lautes Vogelgezwitscher weckte ihn am nächsten Morgen. Die Frösche waren verstummt, und als er um sich blickte, meinte er zuerst, alle seien verschwunden. Doch dann sprang der junge Frosch zu ihm hin, mit dem er gestern das Wetthüpfen gemacht hatte.
„Guten Morgen, hast du gut geschlafen?"
Der Feldhamster lächelte.
„Es ist schön, so freundlich begrüßt zu werden. Ich wünsche dir auch einen guten Morgen und ja, ich habe wunderbar geschlafen!", antwortete der Feldhamster. „Gerne würde ich mich von allen verabschieden, doch wo sind die anderen Frösche?"
„Einige nehmen gerade ein Bad in unserem Tümpel, aber die meisten von ihnen sind unterwegs", sagte der junge Frosch.
„Auch ich werde mich jetzt auf den Weg machen", meinte der Feldhamster.
„Schade! Ich dachte, du würdest etwas bleiben und wir könnten ein paar Mal um die Wette hüpfen."
„Sei nicht traurig, mein kleiner Freund. Wenn du magst, kannst du mich ja an das andere Ende des Waldes begleiten und dann springen wir noch einmal gemeinsam durch die Wiese."

‚Wie schön es ist, im Frühling durch taubenetztes Gras zu laufen', dachte der Feldhamster, als er versuchte, mit dem jungen Frosch mitzuhalten.

Nicht anders als gestern war ihm dieser um einige Längen voraus.
Schließlich hielt er inne in seinem ungestümen Hüpfen und wartete auf den Feldhamster.

„Das hat wieder Spaß gemacht! Doch jetzt muss ich umkehren, sonst bin ich zu weit weg von meinem Zuhause und die anderen machen sich Sorgen."

„Ja, hüpf zurück! Bitte richte den anderen Fröschen meinen Dank aus und dass ich mich sehr wohl gefühlt habe in eurer Gemeinschaft. Dir aber", fügte der Feldhamster hinzu, „danke ich ganz besonders."

„Wofür?", fragte der junge Frosch überrascht.

„Für den Spaß, den wir hatten. Wie auch der Biber hast du mich daran erinnert, wie wichtig es ist, Freude im Leben zu haben und die heiteren Seiten zu sehen."

„Gern geschehen", erwiderte der Frosch leichthin. Er verstand nicht so recht, warum sich der Feldhamster bedankte, denn er war noch jung und Spaß war für ihn etwas Selbstverständliches und gehörte zu jedem neuen Tag dazu.

„Auf Wiedersehen!"

In Windeseile war er verschwunden.

Mit leichtem Herzen lief der Feldhamster durch die Wiese, mit der Sonne, die hinter ihm lag, denn sein Gefühl riet ihm, sich weiterhin nach Westen zu orientieren.

Der leichte Morgenwind strich über sein Fell, und als er ein wenig später rastete und frischen Klee verspeiste, dachte er wieder einmal an etwas, das ihm der Stern gesagt hatte.

„Es ist wichtig, zu lernen und neugierig zu sein und ich weiß, dass du das bist, mein Freund. Denke immer daran, dass du von jedem und allem lernen kannst. Von der winzigsten Pflanze bis zum größten Baum, von jedem Wesen, sei es groß oder klein, alt oder jung - jedes Sein trägt etwas Besonderes in sich, das es nur zu entdecken gilt. Es sind kostbare Schätze, wie funkelnde Edelsteine, die du finden wirst, wenn du dir dein staunendes Herz bewahrst."

„Wie recht du hast", sagte der Feldhamster leise und voller Wehmut.

Je näher er seiner Heimat kam – so hoffte er zumindest - desto banger wurde ihm zumute. In den ersten Tagen nach der unvergesslichen Nacht an dem Bergsee hatte er keine Zweifel mehr gehegt, seinen Freund wiederzusehen. Doch nun war viel Zeit vergangen und in den letzten beiden Nächten hatte er keine Gelegenheit gehabt, in den Nachthimmel zu schauen und nach ihm zu suchen und auf ein Zeichen zu warten.

Hatte sein Freund wirklich nur gewollt, dass er sich auf den Weg machte, um mehr von der Schönheit dieser Welt kennenzulernen? Und um sich seiner Bestimmung bewusst zu werden, die er ja schon immer in seinem Herzen getragen hatte? Würde er sich vielleicht zeigen, wenn er wieder auf seinem vertrauten Stein am Ende des Weizenfeldes saß?

Zwei Tage lief der Feldhamster über scheinbar endloses Land. Über Wiesen, die der Frühling bunt angemalt hatte und Felder mit schwerer, fruchtbarer Erde. Vorbei an mächtigen Bäumen, die einsam in der Landschaft standen, mit kraftvollen Stämmen und weiten, ausladenden Zweigen. Er fand reichlich Nahrung und gute, geschützte Plätze in kleineren Wäldern, um sich auszuruhen. In einer der beiden Nächte, die sternenklar gewesen war, hatte er wieder einmal Ausschau nach seinem Freund gehalten. Aber so sehr er auch mit Hoffnung und angestrengt in den Himmel geblickt hatte – er blieb verschwunden.

Oftmals war er unsicher, ob er wirklich dem richtigen Weg folgte. Immer wieder nagte der Zweifel an ihm und er fühlte sich mutlos.

Doch am dritten Morgen gelangte er zu einem Wäldchen, das auf den ersten Blick wie viele andere aussah, die er im Laufe seiner Reise durchquert hatte. Aber dieses hier hatte etwas Bekanntes, Vertrautes. Da wusste er es auf einmal und sein Herz begann vor lauter Glück ganz laut zu pochen. Dort war der kleine Bach, an dem er gerastet hatte, bevor er in die Höhle der Maulwürfe gefallen war! Übermütig wie ein Frosch sprang er herum, so glücklich war er. Sein Zuhause war nicht mehr weit entfernt!

Am späten Nachmittag erreichte er das weitläufige Waldgebiet, welches er durchqueren musste, um nach Hause zu gelangen. Immer häufiger spürte er ein aufgeregtes Kribbeln in seinem Bauch, eine Mischung aus unbändiger Freude, aber auch voller Angst und Zweifel.

Wie würden ihn die anderen Feldhamster begrüßen? Würden sie ihn weiter verspotten oder vielleicht gar nicht mehr mit ihm reden, weil sie es ihm übel genommen hatten, dass er fortgegangen war?

Bevor er in den Wald hineinlief, blickte er noch einmal zurück. Staunend schweifte sein Blick über das ausgestreckte Land, bis hin zu den in weiter Ferne im Abendrot leuchtenden Gipfeln der Berge. So war er hier vor langer Zeit in der Morgendämmerung gesessen, überwältigt von all der Schönheit der Natur.

Ein Gefühl der Dankbarkeit und Demut breitete sich in ihm aus. Was hatte er alles erfahren und an Gefahren überstanden! Welch wunderbaren Dinge waren ihm geschehen und wie viel hatte er von der Welt gesehen. Kostbare Freundschaften hatte er geschlossen und viele Erkenntnisse waren ihm zuteilgeworden; so viele einzigartige Augenblicke, die unvergesslich in seiner Erinnerung bleiben würden.

‚Jetzt trage ich einen großen Schatz in mir‘, dachte der Feldhamster und blickte zum Himmel.

„Danke", flüsterte er. „Selbst wenn ich dich nicht wiederfinde; du wirst für immer einen Platz in meinem Herzen haben. Ich werde dich nicht vergessen - solange ich hier bin und die Schönheit dieser Welt lieben kann. Und wer weiß, vielleicht fliege ich ja zu dir, wenn meine Zeit gekommen ist."

Der Feldhamster nahm Abschied, wie schon so oft auf seiner Reise. Es fiel ihm schwer, sich von diesem Anblick zu lösen - die Berge waren jetzt in ein flammendes Rot gehüllt, fast schien es, als glühten sie. Das Land lag glänzend im Abendschein und die Natur wartete still auf die sanfte Umarmung der Nacht mit ihrem Sternenzauber.

Er zögerte. Sollte er vielleicht hier am Waldrand auf ein Zeichen seines Freundes warten? Oder war es klüger, gleich weiterzulaufen und sich alsbald im Wald einen Unterschlupf für die Nacht zu suchen? Er war unentschlossen, doch entschied sich schließlich dafür, seinen Weg fortzusetzen.

***

Vorahnung

Der Feldhamster war ein gutes Stück über unwegsamen Waldboden vorangekommen und hatte dabei die leise Hoffnung gehabt, zu der Lichtung zu gelangen, an der er der Eule begegnet war, doch er fand sie nicht. Wie gerne hätte er sie wiedergesehen und von seiner Reise erzählt! Außerdem wäre dort ein geschützter Platz für die Nacht gewesen.
Er hoffte, schnell etwas Geeignetes zu finden, denn die Dunkelheit hatte sich bereits ausgebreitet.
Als er gerade zwischen den Wurzeln einer kräftigen Buche nach einem Unterschlupf suchte, hörte er das Geräusch knackender Zweige.
Erschrocken hob er seinen Kopf und witterte augenblicklich Gefahr.
‚Es ist ein Fuchs', dachte er und die Angst breitete sich wie der Schlag eines Donners in ihm aus.
Er lief um den Baum, doch es gab keine Öffnung, die geeignet gewesen wäre, damit er sich verstecken konnte.
Voller Furcht und so schnell ihn seine kleinen Pfoten trugen, lief er weiter und suchte verzweifelt nach einem schützenden Platz; einer Ansammlung von Steinen oder einer Baumöffnung. Irgendein Schlupfloch, in das der Fuchs nicht hineingelangen konnte.
Aber er hatte kein Glück.
Atemlos hielt er einen Moment in seinem schnellen Lauf inne und lauschte. Hatte es der Fuchs vielleicht gar nicht auf ihn abgesehen? Doch im nächsten Augenblick hörte er wieder das Knacken der Zweige und ver-

nahm das erste Mal ein leises Knurren.
Es gab keinen Zweifel mehr.
Er war *ihm* auf der Spur und es war nur noch eine Frage von Minuten, bis er zum Sprung ansetzte.
Eine dunkle Vorahnung stieg in ihm hoch, eine leise Angst, die ihn ständig begleitet und die er verdrängt hatte, seit er von Zuhause aufgebrochen war. Er würde nicht heimkehren und sein Weizenfeld niemals wiedersehen. Trauer breitete sich in ihm aus und gleich darauf erfasste ihn eine grenzenlose Furcht.
Das durfte nicht geschehen, er wollte zurück in seine Heimat! Wenn er schon sterben musste, dann dort, aber nicht hier, allein im Wald. Er sammelte all seine verbleibenden Kräfte und lief erneut los.
‚Es ist vorbei', dachte er nach einigen Augenblicken verzweifelt.
Der Fuchs war dicht hinter ihm und er roch bereits seinen Atem.
„Vielleicht finde ich dich jetzt wieder, auf meinem Weg zu der Welt jenseits der Sterne", waren seine letzten Worte, bevor er sich seinem Schicksal ergab.
Doch plötzlich drangen gellende und furchterregende Rufe durch den Wald. Er hörte, wie der Fuchs aufgebracht fauchte, verärgert und empört über diese Störung.
Lautes Flügelschlagen durchbrach die Luft und dann stieß der Fuchs einen schmerzvollen Schrei aus.
Es war die Eule.
Jene Eule, die sein Leben verschont hatte und ihm diesmal das Leben

rettete.

Wenige Momente dauerte der ungleiche Kampf; der Feldhamster war wie gelähmt vor Schreck und schließlich hörte er, wie sich der Fuchs winselnd davonmachte.

Bevor er wusste, wie ihm geschah, packte ihn die Eule vorsichtig mit ihren Krallen und flog mit ihm davon.

Die Lichtung lag nicht weit entfernt. Selbst außer Atem ließ sie ihn in das weiche Moos fallen und setzte sich auf einen der unteren Zweige ihrer Fichte. Sie plusterte sich auf und zupfte an ihrem Gefieder.

Der Feldhamster lag regungslos auf der Lichtung. Er fühlte sich benommen, sein Herz pochte noch ganz laut und es dauerte eine kurze Zeit, bis er sich bewusst wurde, welches Wunder ihm geschehen war.

„Danke … ich danke dir so sehr", stammelte er schließlich. „Du hast dein Leben in Gefahr gebracht, um das meine zu retten. Hast du dich verletzt?"

„Aber nein, ich habe nur ein paar Federn verloren, das ist nicht weiter schlimm. Ich kenne die Füchse!", erwiderte sie augenzwinkernd. „Nun komm aber rasch unter den Baum, einen weiteren Kampf möchte ich uns beiden lieber ersparen."

Der Feldhamster rappelte sich mühsam auf und war rasch unter den schützenden Zweigen der Fichte.

Fragend blickte er zu der Eule hinauf.

„Wie konntest du wissen, dass ich hier war und der Fuchs mich töten wollte?"

„Ich habe dich gesehen, mein kleiner Freund - gestern Nacht, in meinen Träumen. Und heute Abend hatte ich eine Vorahnung. Also bin ich durch den Wald geflogen, um nach dir Ausschau zu halten."
„Ihr Eulen seid so weise und geheimnisvoll wie euer Ruf. Du hast mir das Leben gerettet, ich werde dir das nie vergessen."
„Schon gut", meinte sie. „Aber nun sag mir: Wie ist es dir auf deiner Reise ergangen? Hast du deinen Stern gefunden?"
„Ich hatte gehofft, dir wieder zu begegnen und alles erzählen zu können", sagte der Feldhamster freudig.

Aufmerksam lauschte die Eule bis tief in die Nacht seinen Erzählungen. Gelegentlich fragte sie etwas, aber die meiste Zeit blieb sie still und scheinbar versunken in all die Abenteuer, die er erlebt hatte.
„Hast du auch etwas geahnt, als du damals davon geflogen bist und meine Reise gerade erst begonnen hatte? Denn am Tag darauf geschah das Unglück mit den Maulwürfen", meinte der Feldhamster, als er am Schluss angekommen war.
„Ja, ich habe etwas Bedrohliches auf deinem Weg gespürt", antwortete die Eule. „Doch oft führt uns der Weg durch die Finsternis zu lichtvollen Höhen. Und auch wenn der Weg abwärts geht, ist es wichtig, Vertrauen zu bewahren und sich treu zu bleiben." Sie machte eine kurze Pause und fügte dann hinzu: „Ohne den Falken wärst du wahrscheinlich nie zu dem Bergsee gelangt."
„Das stimmt", sagte der Feldhamster.

„Wieso hat dich der Fuchs verfolgt?", rätselte die Eule und blickte ihn mit ihren leuchtenden Augen fragend an.

Der Feldhamster war verwundert. Was meinte sie damit? Er gehörte zu jenen Tieren, die eine willkommene Beute für größere waren. Es war das Schicksal seiner Art, damit leben zu müssen und ständig an eine lauernde Gefahr zu denken.

„Ich verstehe nicht", erwiderte der Feldhamster ratlos. „Auch für dich wäre ich ein willkommenes Nachtmahl gewesen. Wir kleineren Tiere müssen dauernd auf der Hut sein."

„Das weiß ich - ich meine etwas anderes. Du bist jetzt nicht mehr fern deiner Heimat und hast deine Reise auf wundersame Weise und unbeschadet überstanden. Das war nicht selbstverständlich, du hattest viel Glück und bestimmt war es auch der Glaube an dich selbst. Aber warum bist du beinahe ums Leben gekommen, obwohl du deinem Zuhause schon so nahe warst?"

Der Feldhamster kratzte sich am linken Ohr und überlegte. Die Eule sprach rätselhaft, worauf wollte sie hinaus?

Lange dachte er nach, die Eule ließ ihm Zeit und schließlich fiel er in einen leichten Schlummer. Plötzlich, in seinem Halbschlaf, erinnerte er sich an seine Angst, die er meistens verdrängt hatte, seit er aufgebrochen war. Kurz bevor er geglaubt hatte, sterben zu müssen, war sie als dunkle Vorahnung wieder in ihm hochgestiegen.

Schlagartig wurde er hellwach.

„Jetzt verstehe ich", rief er. „Es war die Angst, mein Zuhause niemals wiederzusehen!"

„Allzu leicht werden unsere Ängste zu Schatten, die uns beherrschen", antwortete die Eule. „Das geschieht meistens, ohne dass wir es bemerken. Wir versuchen, sie nicht zu beachten oder verdrängen sie, dennoch bleiben sie bei uns. Das, was wir verdrängen oder auch woran wir glauben, kann zur Wirklichkeit werden - das beweist deine abenteuerliche Reise, die dir viele Sehnsüchte erfüllt hat. Mit all dem meine ich nicht die natürliche, instinktive Furcht vor einem Feind, die wir brauchen, um zu überleben, sondern die Angst, die bestimmte Begebenheiten anzieht und uns manchmal sogar daran hindert, unsere Träume zu leben. Manchmal dauert es lange, bis sie sich im Spiegel der äußeren Welt zeigt; es geschieht nicht immer sogleich."

Die Eule hatte recht, denn er wusste, dass ihm seine Angst in diesem einen Augenblick wie eine Vorahnung erschienen war, die sich bestätigte. Er hatte *irgendwie* an sie geglaubt - ohne es zu merken.

„Ich danke dir", sprach er leise. „du hast mich etwas Wichtiges gelehrt."

Die Eule nickte und ihre goldgelben Augen blickten ihn freundlich an.

„Nun leg dich schlafen, es ist spät und du hast morgen einen langen Weg vor dir. Wahrscheinlich werde ich nicht wach sein, wenn du aufbrichst. Also wünsche ich dir bereits jetzt eine gute Heimkehr. Lauf zurück und in westlicher Richtung am Waldrand - so kommst du schneller nach Hause!"

***

Heimkehr

So schnell ihn seine kleinen Pfoten getragen hatten und dem Rat der Eule folgend, war der Feldhamster den ganzen Tag am Waldrand entlang gelaufen. Er hatte sich kaum Pausen gegönnt, nur gegen Mittag hatte er eine längere Rast eingelegt und etwas Klee gefressen.
Es war später Nachmittag, als er wieder einmal aus dem Wald heraus auf die umliegende Landschaft blickte.
Ein Kribbeln durchrieselte ihn und freudige Aufregung.
Dort lag es im Glanz der tiefer sinkenden Frühlingssonne! Unter tausend anderen Feldern hätte er es wiedererkannt! Natürlich wuchs dort noch kein Weizen - es würde eine Zeit dauern, bis sich die ersten Halme als zartes Grün durch die dunkle Erde schoben. Dennoch war es für ihn das schönste Feld auf dieser Welt - sein Zuhause!
Übermütig warf er sich ins kühle Gras und eine tiefe Dankbarkeit erfasste ihn. Das Gefühl nach Hause zu kehren, war so überwältigend, wie er es nie geglaubt hätte mit all seiner Sehnsucht, die weite Welt kennenzulernen.
„Wenn wir unser Herz öffnen, sind viele Augenblicke von Zauber und Magie erfüllt", hatte der Stern einmal gesagt.
Und dann rannte er los, fast schien es, als würde ihm die Freude Flügel verleihen, so schnell war er! Trotzdem vergaß er nicht, vorsichtig zu sein, und blickte ein paar Mal zum Himmel, um sich zu vergewissern, dass dort keine Greifvögel kreisten.
Mit einem Satz war er in seinem Weizenfeld und ließ sich außer Atem in

die weiche, warme Erde fallen. Wie schön das war und welch ein wunderbares Gefühl von Geborgenheit!

Sofort hielt er Ausschau nach den anderen Feldhamstern, aber er sah keinen - mit Sicherheit waren sie noch in ihren Erdhöhlen und schliefen oder warteten auf den Abend.

Sollte er gleich zu seinem Freund laufen, der am anderen Ende des Feldes wohnte?

‚Nein', dachte er, ‚ich würde ihn sicher stören und am liebsten möchte ich zuerst einen anderen Freund begrüßen!'

Sein vertrauter Stein lag im sanften Glanz des Abendrots, durchdrungen von der Wärme eines sonnigen Frühlingstages.

„Ich bin zurück", flüsterte er und strich mit den Pfoten über seine glatte Oberfläche. Tränen der Erleichterung und des Glücks, aber auch der Wehmut, fielen aus seinen Augen.

Diese vielen Nächte, die er hier gesessen war! Seine Sehnsucht, wenn er in den Nachthimmel mit all seiner Verheißung geblickt hatte. Die Verspottungen der anderen Feldhamster und nur einer unter ihnen, der ihn zu verstehen versucht hatte. Die Gespräche mit dem Stern, die er niemals vergessen würde. Und schließlich sein Abschied, der Beginn einer abenteuerlichen Reise. Wie viel Zeit schien seitdem vergangen!

Er lief zum Waldrand und fand ein paar Haselnüsse, die noch vom letzten Herbst unter dichtem Laub versteckt waren.

Still und versunken saß er da, am liebsten hätte er die Augen geschlossen und geschlafen, so müde war er von seiner Reise. Doch es dauerte nicht lange und er sah in der Ferne am langsam dunkler werdenden Horizont das Aufflackern des Abendsterns.

Ein banges Gefühl beschlich sein Herz. Würde er jetzt, da er heimgekehrt war, seinen Freund wiedersehen? Würde er blinken und ihm zuzwinken, wie er das so oft getan hatte?

Schließlich krabbelte er auf den Stein und sein Herz klopfte beinahe so laut wie am gestrigen Abend, als ihn die Eule vor dem Fuchs gerettet hatte. Ein Stern nach dem anderen begann am Himmelszelt zu leuchten und der Feldhamster blickte mit einem Hoffnungsschimmer in seinem Herzen in die Weiten des Firmaments. Sehnsuchtsvoll betrachtete er den Sternenzauber, der ihn wie immer in seinen Bann nahm, und erinnerte sich an die magische Nacht an dem Bergsee.

Verträumt und hingebungsvoll tauchte er in den Glanz und das Funkeln der Sterne ein und vergaß erneut alles andere. Er sah und fühlte die Schönheit der Welt und ihren Zauber, der sie umgab und der für ihn von den Sternen kam und dort begann.

„Viel mehr, als ich zu hoffen gewagt habe, hat sich erfüllt und ich bin so dankbar dafür", flüsterte er in den Himmel. „Bitte zeig dich mir, und wenn es nur noch ein einziges Mal ist."

Der Feldhamster rieb sich die Augen, die ihm vor Müdigkeit schon fast zufielen, aber er musste doch wach bleiben! Das Vertrauen und die Hoffnung, seinen Freund wiederzufinden, waren noch nicht erloschen.

Unendlich langsam verstrich die Zeit und er wollte fast aufgeben, aber plötzlich …

Er traute kaum seinen Augen: Da war es! Das vertraute Blinken, zweimal hintereinander und im nächsten Augenblick hörte er nach all dieser Zeit endlich wieder die Stimme seines Freundes.

„Es ist schön, heimzukehren, wenn man eine lange Reise hinter sich hat, nicht wahr?"

Es war tatsächlich die sanfte Stimme des Sterns.

Der Feldhamster blieb für einige Augenblicke sprachlos. Er wusste nicht, was er antworten sollte und obwohl er es nicht wollte, spürte er in diesem kostbaren Moment eine große Enttäuschung, weil sich sein Freund so lange nicht gezeigt hatte.

Wie schon oft in ihren vergangenen Gesprächen schien der Stern zu wissen, was er dachte und fühlte.

„Ich weiß", sagte er verständnisvoll, „du hast dir viele Male gewünscht, dass ich mich zeige und mit dir spreche. Aber ich habe dir in jener Nacht nicht mehr zugeblinkt, weil ich wollte, dass du dich auf den Weg machst und deiner brennenden Sehnsucht folgst. Die Eule hat es dir gesagt und recht gehabt."

Der Stern zwinkerte ihm zweimal zu, bevor er fortfuhr.

„Viele Wege müssen wir alleine gehen, damit wir an die Kraft und das Licht in uns glauben. Du hast niemals aufgegeben und selbst als dich die Hoffnung verließ, hast du mit Dankbarkeit zurückgeblickt. Du hast daran geglaubt, mich eines Tages wiederzufinden und dich erinnert, dass das Licht der Unvergänglichkeit in dir wohnt. Jeden deiner Schritte habe ich begleitet und meine Strahlen zu dir gesandt, damit du nicht verzagst und dich immer an dein eigenes Licht erinnerst und auch an deine Kraft. Selbst wenn du mich nicht sehen konntest - ich war immer bei dir. Den Falken habe ich gebeten, dich zu verschonen und den Flug des Adlers verzögert, damit er dich nicht sah. Die Winde des Himmels habe ich beschworen, dass sie dir eine wolkenlose Nacht an dem See in den Bergen schenkten, damit du das Wunder der Ewigkeit und die Verbundenheit aller Dinge fühlen kannst. Dem Biber schickte ich einen Traum, dass er dich über den Fluss bringt und auch der Eule, damit sie auf dich achtgab, als du deiner Heimat schon ganz nahe warst."

Der Feldhamster begann zu weinen. Tränen liefen über seine Backen und fielen auf den Stein.
„Es tut mir leid, dass ich an dir gezweifelt habe", flüsterte er.
„Zweifel gehören zum Leben, genauso wie unsere Ängste, aber sie dürfen es nicht bestimmen", sagte der Stern freundlich. „Das Leben ist ein Abenteuer und birgt viele Herausforderungen, die uns stärker machen, wenn wir sie annehmen. Das, was uns am meisten am Herzen liegt, ist nicht selten unsere größte Angst. Wir fürchten um jene, die wir lieben und um unsere Träume, deren Erfüllung wir uns sehnlichst wünschen. Als du dem toten kleinen Fuchs begegnet bist, hast du verstanden, dass niemand dem Schmerz der Vergänglichkeit entfliehen kann und es Fragen gibt, auf die du keine Antworten finden kannst. Das ist Demut - etwas anzunehmen, auch wenn wir es nicht ergründen oder verstehen können."

Erneut zwinkerte der Stern ein paar Mal hintereinander.
„Du warst sehr tapfer, mein kleiner Freund, und ich bin stolz auf dich! Sag mir, hast du auf deiner Reise deine Bestimmung gefunden?"
„Ja", antwortete der Feldhamster, dem das Sprechen immer noch schwerfiel, doch er lächelte bereits. „Ich habe erkannt, dass ich sie schon immer in mir getragen habe, seit ich die ersten Male hier auf meinem Stein gesessen bin und in den Zauber des Himmels geblickt habe. Es ist nichts Außergewöhnliches oder Besonderes, doch es macht mich einfach glücklich, die Schönheit dieser Welt zu lieben und zu bewundern."
„Das, was dich im Innersten deines Herzens wirklich glücklich macht und erfüllt, ist auch deine Bestimmung. Sie ist kein vergängliches oder oberflächliches Glück und niemand kann sie dir nehmen. Deine Bestimmung ist etwas Besonderes, denn nichts wünscht sich die Natur mehr, als um ihrer Existenz willen geliebt zu werden. Es ist ein Geschenk, dass du sie so sehr liebst."
„Ich danke dir", sagte der Feldhamster leise. „Für alles! Du bist mein bester Freund - du warst es immer und wirst es bleiben - in alle Ewigkeit."
Der Stern zwinkerte und leuchtete für einen Augenblick so hell, dass der Feldhamster seine Augen schloss, so blendend und strahlend war sein Licht.
Dann blinkte er ein letztes Mal und meinte: „Ich sehe noch einen Freund!"
Überrascht drehte sich der Feldhamster um und sah jenen Feldhamster, der ihn nicht verspottet hatte und ihm gegenüber aufrichtig und freundlich gewesen war.

Mit glänzenden Augen blickte er ihn an und mit einem Satz hüpfte er von seinem Stein und lief freudig zu ihm hin.

Doch er war nicht allein. Viele andere Feldhamster waren gekommen und sahen ihn mit großen und staunenden Augen an. Auch sie hatten das strahlende Licht gesehen, das der Stern durch die Unendlichkeit auf die Erde und zu ihrem Weizenfeld geschickt hatte.
Anerkennend blickten sie ihn an und schließlich kamen einige zu ihm hin, hießen ihn Willkommen und zeigten ihre Freude darüber, dass er heimgekehrt war. Und sie wollten alles erfahren, was er auf seiner Reise erlebt hatte und wie es ihm ergangen war.
Der Feldhamster war überglücklich, dass sich auch dieser Wunsch erfüllt hatte und blickte noch einmal dankbar in den mit Sternen übersäten Himmel, bevor er anfing zu erzählen:
„Das Wichtigste ist, dass du an dich glaubst und Mut bedeutet auch, jene Grenzen zu überwinden, die uns daran hindern, unseren Träumen zu folgen", begann er. „Das hat mein Freund, der Stern, zu mir gesagt …"

***

Danksagung
an ...
meine Mutter
Andy
Anke
Beate

Die Illustratorin
Andy Steinbauer hat sich in ihrer Tätigkeit als freiberufliche Künstlerin der realistischen Malerei verschrieben. Dabei arbeitet sie bevorzugt mit Acryl, Pastell, Kohle und Bleistift. Bereits während Abitur und Studium erfolgten die ersten Auftragsarbeiten. Schwerpunkt der Arbeit waren zunächst Gemälde und Illustrationen für die Musikbranche. Im Jahr 2008 erfolgte schließlich die Spezialisierung auf den Bereich Tiermalerei, wodurch die beiden großen Leidenschaften der Malerin, Kunst und Tiere, eine perfekte Vereinigung finden.

 In ihrem Atelier in München fertigt die Künstlerin Tierportraits, Gemälde und Illustrationen vorwiegend in Auftragsarbeit.

2014 erschien ihr erstes Buch „Hunde, Katzen, Pinselstrich - Tiermalerei und die Geschichten der Vierbeiner hinter den Bildern" bei BoD – Books on Demand, Norderstedt ISBN: 978-3-7357-7821-5

Weitere Infos unter www.andysteinbauer.de

Weitere Bücher von Daniela Böhm

Dort wo du bist, bin auch ich
Gegensätze zwischen Traum und Wirklichkeit - Kurzgeschichten

Das Alter und die Jugend, die Leere und die Fülle, die Vergangenheit und die Zukunft, der Zweifel und der Glaube, das Licht und die Dunkelheit, die Liebe und der Hass, das Leben und der Tod – das sind die großen Gegensätze, die in diesem Buch aufeinandertreffen und sich mit ihrem unterschiedlichen Sein auseinandersetzen. Gegensätze bewegen die Welt und sie bewegen uns. Sieben einfühlsame Geschichten nehmen den Leser auf eine fantastische Reise mit – eine Reise zwischen Traum und Wirklichkeit. *ISBN: 978-3-94464836-1*

Heute ist ein ganz anderer Tag
Tierschicksale - Kurzgeschichten

Welche Bedeutung hat das Schicksal vieler Tiere für uns Menschen? Wie erleben sie die stark vom Menschen geprägte Realität dieser Welt? Welchen Einfluss haben sie auf unsere Umwelt? Und welcher Zusammenhang besteht zwischen ihrem Schicksal und dem unseres Planeten? Diese Geschichten mit realem Hintergrund nehmen Anteil am Leben der Tiere. Saida, der spanischen Windhündin, droht das gleiche Schicksal wie ihrem Vorgänger Pedro, Sammy, der kleine Schimpanse wird seinem vertrauten Lebensraum entrissen, genauso wie der Jaguar im südamerikanischen Regenwald, der auf der Suche nach einer neuen Heimat ist. Raffi, der rumänische Straßenhund, kämpft um sein Überleben, ebenso wie der Stier, der eines Tages von seiner grünen Weide geholt wird. Aus der Sicht der Tiere werden diese und andere Schicksale beschrieben, ihr (Überlebens-) Kampf in einer Welt, die allzu oft keine Rücksicht auf ihre Belange nimmt und ihre naturgegebenen Rechte als Lebewesen nicht respektiert. *ISBN:978-3-84238097-4*

Zwei Marder im Himmel
Tiergeschichten für die Seele - Kurzgeschichten

Ob Winnibald der Frosch, Annabelle die Häsin, Luzerl die Fledermaus oder die zwei Marder Johann und Gustl, die viel zu schnell im Himmel landen – alle Tiere müssen sich mit den größeren und kleineren Widrigkeiten des Lebens auseinandersetzen. Die Helden der Geschichten erleben komische, alltägliche, traurige und tiefe Momente. Winnibald fühlt sich als Versager, Annabelle, die Vollzeitmama sehnt sich nach mehr Ruhe, Luzerl muss seinen Liebeskummer überwinden und entdeckt dabei das Geheimnis der Nacht und die zwei frechen Marder finden den Himmel zwar ganz schön, das Leben auf der Erde aber viel spannender. Und bevor die Arche Noah startklar ist, geht es turbulent zu. Am Ende ihrer Abenteuer sind alle Tiere ein wenig weiser, glücklicher und schlauer. *ISBN 978-3-73865783-8*

Der träumende Planet

Die Erde, ihre Schwester und der Mond erzählen ihre ganz persönliche Geschichte über den Zustand unseres Planeten und der Menschen, die auf ihm leben. Es ist eine kleine Zeitreise in die Vergangenheit und in die Zukunft, eine lyrische Erzählung voller Liebe und Schmerz, Verständnis und Verzweiflung, aber auch voller Hoffnung. Jener Hoffnung, dass es uns Menschen gelingen wird, für das Überleben unseres Planeten und aller Wesen, die auf ihm leben, Sorge zu tragen. *ISBN: 978-3-84233960-6*

Die sechs magischen Steine
Roman

"Einer Legende zufolge gab es sogar sechs magische Steine. Aber der magische Rubin gilt als verschollen und über den schwarzen Diamanten ist nichts bekannt."

Die Erde und all ihre Bewohner brauchen dringend Hilfe. Vier Tiere begeben sich deshalb auf die Suche nach den magischen Steinen, um sie an einen gemeinsamen Ort zu bringen und durch ihre außergewöhnliche Kraft und Magie die Welt zu retten: ein weiser Adler, eine freche Ratte, ein einsamer Wolf und ein abenteuerlustiges Wasserschwein. Sie nehmen den Leser mit auf eine fantastische und spannende Reise. Je mehr die Helden der Geschichte auf ihrem Weg über den Umgang der Menschen mit den Tieren und der Natur erfahren, umso stärker und dringender wird ihr Wunsch, die magischen Steine zu finden. Zwei Eulen stehen ihnen dabei mit Zauberkünsten zur Seite, denn ein mächtiger und dunkler Feind aus einer längst vergangenen Zeit könnte ihr Vorhaben verhindern …
ISBN 978-3-74480030-3

"Ein spannender Abenteuerroman für kleine und große Leser"

Weitere Infos unter www.danielaböhm.com